Für Florian

Uli Hoffmann

Am Reißbrett

Erzählungen

www.tredition.de

www.tredition.de

© 2019 Uli Hoffmann

Verlag und Druck: tredition GmbH, Hamburg

ISBN

Paperback: 978-3-7482-3458-6

Hardcover: 978-3-7482-3459-3

e-Book: 978-3-7482-3460-9

Inhalt

Entschleunigung

Plötzlich klirrte es. Ein Gast hatte es offenbar eilig und war so abrupt aufgestanden, dass er die an dem Tisch vor ihm sitzende Dame anstieß. Diese vollführte eine Abwehrbewegung und kippte dabei ihr Glas um, das daraufhin zu Boden fiel. Der Mann entschuldigte sich und die Bedienung eilte mit Kehrblech und Lappen herbei und sagte: „Kein Problem!"

Den Mantel hatte ich auf legere Art über die Stuhllehne gelegt. Meinen Blick ließ ich über die Szenerie in dem Café gleiten. Außer mir befanden sich fünf weitere Gäste im Raum, darüber hinaus Holger hinter dem Tresen sowie die Bedienung, die sich gerade an der Kasse zu schaffen machte. Wir hatten uns alle ein freundliches „Hallo" zugerufen, als ich wie jeden Nachmittag das Café in der Altstadt betreten hatte, das gleichzeitig eine kleine Kaffeerösterei beinhaltete. Ich liebte diesen Ort, die persönliche Atmosphäre des gemütlichen Gastraumes und nicht zuletzt den hervorragenden Kaffee, den man hier serviert bekam. Ich beobachtete den Chef des Cafés hinter der Theke, wie er fachmännisch, jedenfalls nach meiner Einschätzung, die von einem Gast gewünschte Sorte frisch gerösteten Kaffees aufbrühte. Man hatte den Eindruck, er wolle durch den betont verlangsamten Produktionsprozess von der schonenden Langzeitröstung bis hin zum choreographisch anmutenden Aufgussritual von sich aus ein Zeichen der Entschleunigung setzen. Gewissermaßen als Protest und Gegenentwurf zum Prinzip des sich verbreitenden Trends des *„Coffee to go"*, in dessen Name ja bereits eine Art von Tempoansage enthalten zu sein scheint. Dieses Ritual hier genoss ich intensiv und war gleichzeitig fasziniert von der professionellen Ruhe des Baristas. „Dein Kollege kommt heute etwas später!" Der Satz der jungen Dame, die heute bediente, riss mich aus meiner genauen Beobachtung der Zeremonie hinter dem Tresen. „Darf ich dir schon etwas bringen?", fragte sie. „Nein, ich warte, bis mein Kollege da ist", antwortete ich und widmete mich der Karte, nicht ohne den Barista aus den Augen zu lassen, der gerade dabei war, das Wasser mit einer kreisenden Bewegung in den Filter zu gießen. Mit meinem Freund und Kollegen traf ich mich hier fast jeden Tag, um mit ihm über die gepflegte Art Kaffee zu trinken, am liebsten aber über Literatur zu philosophieren.

Stets versuchten wir beide, uns diese gemeinsame Stunde im Kalender freizuschaufeln, weil wir uns sagten, dass jegliche Tätigkeit beruflicher Art im Anschluss an diese bewusst gelebte Pause sich größerer Intensität erfreuen würde.

In diesem Moment öffnete sich die Tür und Jens betrat das Café. In seiner Hand hielt er ein Buch, welches er, als er seine Jacke auszog und Platz nahm, demonstrativ auf den Tisch legte. „Unser John!", sagte er nach der Begrüßung, „Ist er nicht faszinierend?" Ich legte mein Exemplar desselben Werkes daneben und bestätigte: „Absolut! Was nehmen wir? Einen brasilianischen *Yellow Bourbon* oder einen indischen *Monsooned Malabar?*" Mein Freund überlegte kurz und sagte dann: „Den Brasilianischen würde ich gerne probieren. Ich habe schon öfter überlegt, ob unser Held damals wohl einen anständigen Kaffee bekommen hat. Ich vermute eher, er als Engländer hat nur Tee getrunken." Mit Held meinte er John Franklin, jenen englischen Seefahrer, und Hauptfigur im Roman, der nunmehr in zweifacher Ausführung vor uns auf dem Tisch lag. Wir hatten es zu unserem Ritual erkoren, in der Mittagspause beim Kaffee einen Austausch über Literatur zu pflegen. Dabei war es uns wichtig, die einstündige Pausenzeit durch bewusst zelebrierte Entschleunigung einer zumindest gefühlten Ausdehnung zuzuführen. Und welches Buch konnte die Atmosphäre in diesem Café stärker unterstützen als Sten Nadolnys Roman *Die Entdeckung der Langsamkeit*! Nadolny erzählt das Leben John Franklins als das eines besonderen Menschen, der schon in seiner Kindheit durch seine große Langsamkeit auffiel. Eine Eigenschaft, die ihn zum Außenseiter machte, die ihm aber später, als er als Marineoffizier die Verantwortung für Schiff und Besatzung innehatte, zugutekommen sollte.

Dieses Gefühl der bewussten Entschleunigung beim Plaudern im Café versuchten wir in die zweite Hälfte unseres Arbeitstages hinüberzuretten. Während des entspannenden Austausches beim Kaffeegenuss erzählten wir uns gegenseitig unsere Eindrücke und Empfindungen nach der Lektüre des Buches, die wir uns stets sozusagen als Hausaufgabe für das nächste Treffen auferlegt hatten. So genossen wir in Ruhe unseren Kaffee und durchlebten gleichzeitig intensiv die Passagen des Romans, wobei wir auch hier darauf bedacht waren, die jeweilige Szene keinesfalls nur abzuhandeln, sondern diese in einer Art Zeitlupe Revue passieren zu lassen.

Wir rührten zum wiederholten Male den restlichen Kaffee um, als wollten wir den notwendigen und bevorstehenden Aufbruch noch weiter hinauszögern, genossen den letzten Schluck und gaben der Kellnerin durch einen stummen Impuls zu verstehen, dass wir bezahlen wollten. Die junge Dame nahm das Geld entgegen, wir bedankten uns bei ihr und dem Barista und verließen gemächlichen Schrittes das Café.

Auf Kurs

Sie erreichten die Treppe der Unterführung. Kurz zuvor war das ältere Paar dem Intercity entstiegen und zog nun mit den Rollkoffern zum Ende des Bahnsteiges. Bereits bei der Einfahrt in den Bahnhof hatten sie das riesige Schiff gesehen, das am Warnemünde Cruise Center festgemacht hatte. Sie passierten die Unterführung und wären gerne noch schneller in Richtung ihres Kreuzfahrtschiffes gegangen, hätten sie nicht die Erschwernis durch ihre Gepäckstücke zu bewältigen gehabt, vor allem auf den Treppen. Die Frau fragte sich, ob sie eine derart lange Anreise mit den Koffern künftig noch würden schaffen können. Nach der Unterführung gelangten sie auf den Passagierkai. Ein Straßenmusikant stimmte die Ankommenden mit maritimem Akkordeonspiel ein. Am Fähranleger stellte der Reisende fest, wie klein sich die Fähre direkt vor dem fast 50 Meter hohen Kreuzfahrtschiff ausnahm. Ein Stück weit ergriffen schauten sie an dem imposanten Cruise Liner hoch, der für die nächsten Tage ihr Zuhause sein sollte. Aus

Sand geschaffene Skulpturen boten den beiden eine zwischenzeitliche Kunstbetrachtung. Die Frau bat ihren Partner darum, sich hinsetzen zu können. Bei dem schönen Wetter entschieden sie sich für die Terrasse eines Cafés, wo sie sich eine Erfrischung gönnten. „Das ist es also, unser Schiff!", sagte die Frau.

„Gefällt es dir, meine Liebe?", fragte der Mann. „Ich meine, jetzt in natura?"

Die Frau blickte nachdenklich auf die Schiffsseite mit den Balkonkabinen. „Ich weiß noch nicht so recht. Meinst du, wir haben das richtig gemacht?"

Bestimmt seit drei Jahren hatten sie für diese Kreuzfahrt gespart und immer wieder überlegt, oft gezweifelt, ob sie sich in ihrem Alter noch auf dieses Wagnis einlassen oder besser das Geld *für schlechte Zeiten*, wie sie zu sagen pflegten, zurücklegen sollten.

„Zeit?", hatte der Mann immer gefragt. „Wie viel davon bleibt uns denn noch? Lass uns fahren!" Er hatte sich schließlich durchgesetzt, seine Frau eher widerwillig zugestimmt.

Nun waren sie beeindruckt von der majestäti-
schen Ausstrahlung des unmittelbar vor ihnen liegenden Schiffes. „Diese vielen Balkone erinnern
mich ein wenig an unseren Wohnblock damals in
Dresden. Allerdings nehmen sie sich auf der Seite
eines Schiffes wesentlich attraktiver aus."

„Hoffentlich komme ich mit der Menge an Passagieren klar. Du weißt, dass ich keine Menschen-
massen mag", bemerkte die Frau.

Der Mann fasste die Hand seiner Partnerin und
sagte liebevoll zu ihr: „Ich passe auf dich auf. Und
jetzt freuen wir uns auf unsere Reise."

Bisher waren sie im Urlaub fast immer in kleinen,
gemütlichen Pensionen und Hotels, meistens an
der See, eingekehrt. Ihre Freunde hatten ihnen
diese Kreuzfahrt nachdrücklich empfohlen. „Eine
Woche auf dem Schiff haltet ihr gut aus und eine
Skandinavienkreuzfahrt ist doch was für euch als
Liebhaber des Meeres!
Vielleicht werdet ihr ja zu Wiederholungstätern wie
die meisten."

Ausführlich hatten sie Prospekte studiert und der von dieser Reederei war zuletzt ganz abgegriffen. Am Ende hatten sie gebucht und sich heute mit dem Zug von Dresden auf den Weg gemacht. Gleich würde es mit dem Prozedere des Check-ins losgehen. Der Mann erweckte wie immer den Anschein größtmöglicher Souveränität, innerlich war er jedoch enorm aufgeregt und angespannt. In seinem Beruf als Verwaltungsbeamter hatte er sich diese Professionalität antrainiert.

In der großen Halle des Cruise Centers reihten sie sich ein in den Strom der Reisewilligen und ließen den Check-in-Prozess über sich ergehen. Die Frau spürte ein unangenehmes Gefühl wegen der Vielzahl der Menschen und ihre Zweifel an der Richtigkeit ihrer Entscheidung wurden wieder spürbar. „Keine Sorge, das legt sich. Und außerdem hast du deinen persönlichen Kreuzfahrtdirektor!", beruhigte der Mann sie.

Mit dem Aufzug gelangten sie zu ihrem Deck und der Kabine. „Oh je, hoffentlich verlaufe ich mich nicht!", befürchtete die Frau. Als sie auf der Kabine waren, umarmte sie ihren Mann und sagte: „Komm mal her, mein Kreuzfahrtdirektor, danke, das hast du gut gemacht!"

 Mit Stolz und einer Träne im Auge nahm der Angesprochene das Lob entgegen.

Abends, als das Auslaufen bevorstand, mahnte er: „Jetzt aber an Deck, das Auslaufen dürfen wir uns nicht entgehen lassen!" Auf dem Pooldeck hatten sich bereits zahlreiche Passagiere eingefunden, um dem Spektakel beizuwohnen. In diesem Moment entstand Bewegung auf dem Kai. Das Paar hatte sich diesen Beobachtungsplatz an der Reling gesichert und folgte den professionellen Bewegungen der in signalfarbene Jacken gekleideten Männer, die mit dem Lösen der Taue begannen. Diesen Prozess des Lösens und die danach beim Ablegen allmählich größer werdende Kluft zwischen Schiffsrumpf und Kaimauer hatten beide mit größter Konzentration im Blick. Die wachsende Distanz zum Festland erzeugte bei dem Paar ein Gefühl des Los- und Zurücklassens, zugleich aber auch eine bedeutsame Erleichterung im Gedanken an die bevorstehende Urlaubsreise. Nach dem Einholen der Leinen wurde das Schiff per Seitenstrahlruder in die Fahrrinne gedrückt und das mächtige Schiffshorn ertönte dreimal. Beim ersten Mal zuckten die beiden älteren Passagiere heftig zusammen. Es erklang die übliche Auslaufmusik. Der Mann bekam Gänsehaut und, zugegebenermaßen, feuchte Augen. Er sah den Ausflugsbooten zu, die jetzt in einer besonderen Hafenrundfahrt das Kreuzfahrtschiff eskortierten, was der Szenerie noch eine zusätzliche Feierlichkeit verlieh. Er schaute zu seiner Frau herüber: Sie weinte, dicke Tränen kullerten ihre Wangen herunter.

Er nahm sie in seinen Arm, gemeinsam genossen sie diesen magischen Moment. Das lackierte, hölzerne Geländer umklammerten sie fest und blickten aufs Meer. Plötzlich spürte er die Hand seiner Frau. Sie hielt sich nicht etwa an der Reling fest, sondern suchte den Halt ihres Mannes, indem sie den direkten Kontakt zum Geländer vermied und mit dem Auflegen ihrer Hand auf die seine gewissermaßen einen einzigen, gemeinsamen Griff am

Rande des Schiffes formte. Ein aufmerksamer Beobachter hätte bei den beiden Reisenden ein hohes Maß an Vertrautheit festgestellt, zumal deren Blickrichtung in absolutem Gleichmaß ein und demselben vermeintlichen Fixpunkt im Hafen zu folgen schien.

Mit den sich später auflösenden Konturen der Küstenlinie am Horizont versicherten sich die beiden nickend durch einen verstehenden Blick, dass der zurückgelassene Alltag und die Probleme nunmehr für die kommenden Tage chancenlos waren, in ihre Gedanken Einzug zu halten. Sie folgten der Fahrtrichtung des Schiffes und versuchten, in diesem Moment ähnlich den wachsamen Rundblicken der Offiziere auf der Brücke, vor ihnen liegende Elemente der Küstenlandschaft auszumachen. „Was kommt? Was liegt vor uns?" Der Mann ertappte sich erneut dabei, den erlebten Augenblick auf ihren Lebensabschnitt zu übertragen. „Wenn du in Rente gehst, wirst du feststellen: Danach kommt nichts mehr!", hatten manche Kollegen prophezeit. Er hatte das immer von sich gewiesen und behauptet: „Solange man noch Ziele hat, kommt noch was!"

Jetzt schaute er auf die Spur im Wasser, die das Kreuzfahrtschiff kontinuierlich erzeugte. Der Passagier ertappte sich dabei, diese Bewegungslinie als angenehm, ja beruhigend zu empfinden. Er dachte an den vor einiger Zeit zurückgelassenen Abschnitt seines Erwerbslebens und stellte fest, dass es dabei ebenfalls keine geradlinige Spur gegeben hatte wie in dieser Bewegung des Schiffes, sondern die man durchaus als einen gewissen Schlingerkurs hätte bezeichnen können. Sein Arbeitsleben wies zahlreiche Kurven und Richtungswechsel auf und machte deutlich, dass er immer wieder einmal zur Kurskorrektur genötigt gewesen war. Oft hatte er am Reißbrett seiner Lebensplanung notwendige Änderungen vorgenommen. Beim Blick auf das Wasser fragte er sich, ob er die berufliche wie die private Kompassnadel jeweils richtig im Blick gehabt hatte. Eigentlich war der Platz an Deck eines Kreuzfahrtschiffes nicht der Ort, an dem man sein Leben bilanzierte. Aber dadurch, dass das Paar im Begriff war, Orte ihrer früheren Reisen wie Kopenhagen, Bergen und Oslo aufsuchen würde, hatte diese Kreuzfahrt zwangsläufig etwas von einer Erinnerungsreise. Vor etwa vierzig Jahren waren sie im kleinen Wohnmobil für mehrere Wochen unterwegs gewesen und übereinstimmend bewerteten sie diesen Urlaub als einen ihrer schönsten.

Wie damals hielt der Mann eine Kamera in seiner Hand, die selbstverständlich dem neuesten Stand der Technik entsprechend, Bilder in digitaler Form aufnahm und abspeicherte. Wie aus einer anderen Epoche muteten die Fotoalben an, von denen seine Frau ein kleines von der damaligen Reise mitgenommen hatte und das sie beim gemütlichen Drink in einer der Bars gemeinsam betrachten wollten. „Geh schon mal vor, ich möchte noch ein paar Fotos machen!", sagte er zu seiner Frau, die sich dann zwei Decks tiefer begab und nach einem Platz in der Bar Ausschau hielt, in der einige Gäste dem Spiel eines Barpianisten lauschten. Dessen Repertoire umfasste neben den sogenannten

„Evergreens" vor allem jene dahinplätschernden Klaviermelodien, von denen er annahm, dass die Reisenden durch sie schnell das von der Reederei angepriesene Urlaubsfeeling bekämen und sich somit der Prozess der Entschleunigung bald einstellen möge.

Als der Mann den Barraum betrat, entdeckte er seine Frau gemütlich in einem Sessel versunken und blieb zunächst im Eingangsbereich stehen. Unbemerkt konnte er seine Frau betrachten und stellte genüsslich den hohen Grad an Entspanntheit fest, den sie dort ausstrahlte, indem sie in Gedanken versunken zum Takt des Klavierstückes mit dem Fuß wippte und zufrieden vor sich hinlächelte. Der Mann verweilte einen Moment und registrierte, wie seine Frau langsam in dem kleinen Album blätterte, das vor ihr auf dem Tisch lag. Als sie ihn schließlich bemerkte, fragte sie: „Und, hast du noch schöne Fotos machen können?" Zur Bestätigung hielt er ihr das Display seiner Kamera hin und zeigte ihr die Aufnahmen vom Sonnenuntergang. Sie lobte die Fotos, zeigte aber gleichzeitig auf ihr Album und meinte: „Es freut mich, dass du mit der Digitalfotografie so viel Freude hast, aber die alten Papierbilder haben für mich immer noch eine besondere Ausstrahlung. Manche weisen Unzulänglichkeiten oder technische Mängel auf, andere haben abgeschnittene Füße oder Köpfe. Aber man betrachtet sie ja ganzheitlich und im Gedanken an die schönen Erlebnisse, während sie entstanden, ergänzt die Erinnerung fehlende Details. Heute betrachtet man sofort nach der Aufnahme das Ergebnis und löscht das, was einem nicht gefällt. Und wie spannend war das Warten auf die Entwicklung und Fertigung der Bilder! Dieser Prozess war Entschleunigung pur und der Urlaub wirkte lange nach." Der Mann musste seiner Frau Recht geben. „Und hinter jedem Papierbild verbirgt sich eine Geschichte: Hier das Bild vom Aussichtsberg Fløyen im norwegischen Bergen. Weißt du noch, wie lange wir damals überlegt haben, ob wir die Fahrt hinauf mit der Standseilbahn unternehmen oder lieber das Geld sparen sollten? Danke, dass wir dort waren!" Der Mann war von Stolz erfüllt und fast ein bisschen gerührt. Offensichtlich hatten seine Frau und er doch vieles im Leben richtiggemacht, kleine und große Dinge. Und diese Kreuzfahrt an Orte der Erinnerung sollte ein besonderer Höhepunkt werden, lange hatte sie dafür Geld zurückgelegt. Der Mann rückte seinen Sessel näher an den seiner Frau heran, um einen besseren gemeinsamen Blick auf die fotografischen Erinnerungsstücke zu haben. Urlaubsfotos als Wegmarken des Lebens, betrachtet beim Spiel des Barpianisten an Bord eines Kreuzfahrtschiffes. In diesem Moment legte er ein Kuvert mit dem Logo der Reederei auf das Album. Seine Frau blickte überrascht auf und schaute ihren Mann fragend an. „Für mich?" – „Für uns!" Sie öffnete den Umschlag und nahm eine Art Ticket heraus: *„Ausflug Bergen mit Fahrt auf den Aussichtsberg Fløyen"*. Die Frau strahlte. „Genau wie damals?" – „Wie damals, nur habe ich die Entscheidung schon jetzt für uns getroffen." Seine Frau legte ihre Hand auf die ihres Mannes und er ertappte sich dabei, wie er den Takt der Musik aufnahm und synchron zu seiner Frau mitwippte.

Fahrplanänderung

Mit kurzem routinierten Blick erfasste der Mann die Uhrzeit auf seiner Armbanduhr und war zufrieden. Er war, wie man zu sagen pflegt, gut in der Zeit. Pünktlichkeit und Verlässlichkeit waren seit je her seine Grundsätze. In der Firma war er dafür bekannt, seine Kollegen und Vorgesetzten schätzten ihn, ein Ausbrechen aus diesem selbst auferlegten Gefüge von Zeittakt, Ordnung und Planung war bisher nicht vorgekommen.

Er war an diesem Morgen auch wieder mit sich im Reinen. Vom weiteren Tagesverlauf erwartete er keinerlei Unberechenbarkeiten. Mit zügigem Schritt verließ er Haus und Grundstück im Süden des neuen Stadtteils im Grünen und hielt auf die Bahnstrecke zu. Zu seiner Zufriedenheit trugen zwei weitere Komponenten an diesem Tage bei: Ein Ausflug der Belegschaft war anberaumt, mit dem Zug sollte es Richtung Ruhrgebiet gehen. Der Mann freute sich darauf, mit den Kollegen in gemütlicher Runde etwas zu unternehmen und dafür hatte er die Entscheidung getroffen, sein Auto zu Hause stehen zu lassen und hier in den Zug zu steigen, mit dem die Kollegenschaft bereits am Hauptbahnhof die Fahrt beginnen wollte. Eine Entscheidung der Vernunft und er hatte das Gefühl, wieder einmal das Richtige zu tun.

Zielstrebig ging er in Richtung der Haltestelle der Regionalbahn, von der sein Vater und die Nachbarn so oft erzählt hatten, von der er nur den Namen „Rahlsbach" kannte, die er aber noch nie bewusst aufgesucht hatte. Sein Vater war im Stahlwerk beschäftigt gewesen und von diesem Haltepunkt zur Arbeit gefahren. Als er an den adretten Einfamilienhäusern vorbeiging, wurde ihm klar, wie schnell die Zeit vergangen war seit ihrem Einzug vor ein paar Jahren. Einige Gebäude stammten aus den achtziger Jahren und warteten nunmehr auf die ersten Instandhaltungsarbeiten. Seine Frau und er hatten sich auf den Umzug in diesen ländlichen Teil der Stadt gefreut. Für ihn bedeutete er ein Stück Familiengeschichte, sein ehemaliges Elternhaus lag wenige Gehminuten entfernt im alten Ortskern.

Der Mann fand, dass sein Zeitmanagement immer noch im grünen Bereich war, denn er schätzte, dass der Zug in etwa zehn Minuten eintreffen müsste. Als er an der Stelle ankam, wo er die Haltestelle vermutete, verspürte er erstmals heute Morgen ein flaues Gefühl in der Magengegend. Nichts deutete an diesem Ort darauf hin, dass hier Züge halten würden. Er vermisste das, was ihm in der Ordnung seines privaten wie beruflichen Lebens Orientierung gab. Kein Schild war zu entdecken, das dem Betrachter durch strukturgebende Begriffe oder Zeichen die Gewissheit gegeben hätte, zur rechten Zeit am rechten Ort zu sein. Kein Fahrplan, der dem Reisenden durch die aufgedruckten Daten aufzeigte, dass kompetente Menschen der angedachten Fahrt eine Richtschnur aus vorgegebenen Namen und Zeitangaben verliehen hatten. Nicht einmal das Schild des Stationsnamens konnte er ausmachen und das vorher bei ihm durch das Wort *Rahlsbach* ausgelöste Gefühl der heimatlichen Geborgenheit wich einem noch nicht klar zu definierenden unangenehmen Eindruck von Störung und Unordnung. An seiner Arbeitsstelle konnte er damit schlecht umgehen, ihm war jegliche Form von Ungenauigkeit und Beliebigkeit suspekt. Und in diesem Moment fühlte er sich an einem solchen Ort, das vorgefertigte Gerüst des durchgeplanten Ausflugstages drohte ins Wanken zu geraten. Das Gefühl in der Magengegend wuchs sich aus zu einer wahrhaften Beklemmung: Der Zug würde ihn doch wohl trotz des gänzlich unvorbereitet erscheinenden Haltepunktes Rahlsbach einsteigen lassen?

Sein Gefühl der Unbehaglichkeit, jetzt und hier den weiteren Verlauf seines Tages nicht mehr beeinflussen zu können, durfte man, wenn man ihn kannte, getrost bedrohlich nennen. Es besserte sich auch in dem Moment nicht wirklich, als sich von der Kernstadt her der Zug näherte. Immer noch voller Hoffnung, dass der Lokführer durch Anhalten die verlorengegangene Ordnung wiederherstellen könnte, blickte er dem nahenden Zug entgegen in der Erwartung, durch ein in Richtung Bremsvorgang sich veränderndes Geräusch neuen Mut fassen zu können. Nichts dergleichen geschah. Unaufhaltsam rollte der Zug heran und drohte, vollendete Tatsachen des Durchfahrens zu schaffen. Der Mann hatte in diesem Moment beschlossen, den Ausflugstag abzuschreiben und eine andere Tagesplanung anzugehen. Das Bild der aus den vorbeihuschenden Zugfenstern fröhlich winkenden und johlenden Kollegen wirkte noch lange nach. Er trat den Rückzug nach Hause an. Der bislang vertraute Weg kam ihm jetzt eigentümlich fremd vor.

Richtungsentscheidung

Der Wanderer war mit seiner Entscheidung vom frühen Morgen zufrieden. Spontan war er nach dem Frühstück aufgebrochen, hatte seiner Frau gesagt, er wolle die Kühle des Vormittags nutzen und eine Waldwanderung unternehmen.

Der Wetterbericht verhieß einen warmen Frühsommertag und er schätzte es, sich im schattenspendenden Wald zu bewegen. Von einem Wanderparkplatz am Stadtrand machte er sich auf. Den Zielpunkt hatte er bereits in sein GPS-Gerät eingegeben, denn er orientierte sich gerne mithilfe dieser Technik, obwohl er der Meinung war, bei den ohnehin seltenen Begegnungen mit der Natur solle man sich dieser ganzheitlich widmen, sie auf sich wirken lassen und dabei auf technische Accessoires verzichten. Auf der anderen Seite bot ihm die Navigation neben der Orientierung und Sicherheit auch die Möglichkeit, unbekannte Wege zu entdecken und somit seinen eigenen Aktionsradius zu erweitern. Er folgte dem auf dem kleinen

Bildschirm seines GPS-Gerätes farbig markierten Weg und legte einen forschen Schritt, wie er zufrieden feststellte, vor. Der Waldweg war gesäumt von hohen Fichtenbeständen, durch die sich die Sonnenstrahlen selbstbewusst ihren Weg bahnten und mit den Grünabstufungen im Bewuchs und auf dem Waldboden spielten. Buschwindröschen bildeten dem Wanderer ein Spalier, eine vielstimmige Mixtur von Vogelstimmen umgab ihn mit einem akustischen Rahmen. Der Wachdienst der Eichelhäher vermeldete durch lautes Keckern das Herannahen des menschlichen Eindringlings. Dabei war der Mann keineswegs der Einzige, der das Auslösen der Meldekette für die Waldbewohner zu verantworten hatte. Spaziergänger, die zum Teil dem Bewegungsdrang ihrer Vierbeiner Tribut zollten, Mountainbiker, die den trockenen und festen Untergrund des Weges für eine zügige Ausfahrt nutzten, eine junge Reiterin, die von einem benachbarten Hof kommend dem frühsommerlichen Wald hoch zu Ross einen Besuch abstattete.

Nach der Hälfte der Strecke hielt der Weg einen längeren Anstieg bereit, bis er, dem Kamm des Berges folgend, auf das zuvor festgelegte Ziel des Spazierganges hinführte. Dieses hatte der Wanderer bald im Blick, nachdem er nochmals zur Kontrolle auf sein Navigationsgerät geblickt hatte. Der Fichtenwald war mittlerweile einer sich öffnenden Lichtung gewichen, die den Blick über die benachbarten Täler und Höhenzüge freigab. Die vorgeplante Route endete in einer größeren Gabelung von sechs Waldwegen, die hier zusammenliefen. Der Mann ließ den eigenartigen Zauber dieser Kreuzung auf sich wirken.

Auf einer Bank ließ er sich nieder, um vor dem Rückweg ein wenig zu rasten und seinen Gedanken nachzuhängen. Zufrieden stellte er fest, dass sein Navigationsgerät ihn wieder einmal souverän an sein Ziel geführt hatte. Er legte in seinem Leben stets Wert darauf, planvoll unterwegs zu sein und die optimalen Richtungsentscheidungen zu treffen, die entscheidenden Abbiegungen vorzunehmen. Und solche standen momentan wieder an. Sie beschäftigten ihn seit Tagen, auch jetzt, da er an diesem markanten Ort saß. Seine Blicke folgten den von der Kreuzung abgehenden Wegrichtungen und er dachte an sein Problem mit dem anstehenden, beruflich bedingten Ortswechsel, den er in den vergangenen Tagen immer wieder mit seiner Frau diskutiert hatte und wo unausgesprochen sogar das Thema Trennung im Raume gestanden hatte. Er fragte sich, ob er das Ganze nicht bereits durch ein selbstbewussteres Auftreten hätte entscheiden können. Wie schon oft hätte ein Außenstehender ihm auch dieses Mal wieder eine gewisse Zögerlichkeit, wenn nicht gar Feigheit nachsagen können. Irgendwann in den nächsten Tagen würde er entscheiden müssen, wohin sein Weg denn gehen solle. Nach geraumer Zeit erhob er sich von der Bank, schaute nochmals auf die verschiedenen Wege und verließ diesen Ort, der, wie er für sich feststellte, eigentlich den Namen *„Aufbruch zu etwas Neuem"* tragen müsste. Als er seinen Rückweg antrat, streifte sein Blick flüchtig ein kleines Schild, das an einem Baum angebracht war und den Namen dieser Wegkreuzung kundgab. Mit einem Schmunzeln las er sich den Namen laut vor: *Hasenbahnhof.*

Zugzwang

Immer diese Endlosschleife. Ich blickte mich um, ob aus den Nachbarbüros jemand zu mir herüberschaute. Ob derjenige aus meiner Mimik etwas herauszulesen imstande war. „Es geht nicht mehr!" Ich betrachtete mein Büro, die Möbel, allem voran meinen zu großen Schreibtisch, die kleine Sitzecke, die Fenster, die Helligkeit hereinließen, gefiltert und dosiert durch die Lamellenjalousie, aufgehübscht durch eine Reihe von pflegeleichten Grünpflanzen.

„Es geht nicht! Ich muss das jetzt tun", hörte ich wieder die innere Stimme sagen, und zwar eben in der Art einer Schallplatte, die hängen geblieben ist. Inmitten eines Ensembles von modernen funktionellen Büromöbeln saß, lebte ich und fragte mich, ob ich dem Anspruch von Funktionalität gerecht wurde. „Es geht nicht!" Ich hatte für mich beschlossen, dass der Zeitpunkt gekommen war.

Um 10:40 Uhr hatte ich meinen Schreibtisch in gewohnter Unordnung zurückgelassen und war aus meinem Büro in dem modernen Firmengebäude in der Hamburger Innenstadt geeilt. Kathi, meiner engsten Mitarbeiterin, hatte ich noch zugerufen, ich müsse wegen akuter Schmerzen kurz um Zahnarzt. „Was ist mit deinem Termin um 14.00 Uhr mit Dr. Schlegel?", hatte Kathi gefragt. „Bitte ihn um Verschiebung auf morgen Vormittag!" Ich schätzte Katharina Weiler seit Jahren ob ihrer Zuverlässigkeit und Diskretion, da sie sich meines Wissens nicht an dem üblichen Flurratsch zu beteiligen pflegte.

Der Aufzug brachte mich ins Erdgeschoss zum Eingangsbereich mit dem halbrunden Infodesk und den beiden seitlich hinaufführenden Treppen, deren geschwungene Architektur ich schon immer für protzig gehalten hatte.

Ach ja, Kathi, die treue Seele, mit der ich letztes Jahr beinahe eine Affäre begonnen hätte. Während einer Fortbildung ihrer Abteilung zum Thema „Verbesserung der Corporate Identity durch Coaching" waren wir uns abends an der Hotelbar nähergekommen. Sie hatte von ihrer gescheiterten Beziehung erzählt und damit bei mir einen Nerv getroffen. Mitleid? Beschützerinstinkt? Jedenfalls wären wir beinahe auf ihrem Zimmer gelandet, wenn nicht drei andere Kollegen angepoltert gekommen wären und uns noch zu einem Ortswechsel zwecks Absacker animiert hätten. Also blieb es für diesen Abend bei einem anregenden, freundschaftlichen Gespräch unter Kollegen, welches ihre professionelle Zusammenarbeit künftig noch vertrauensvoller erfolgen ließ. Ich denke mir heute, dass das Thema der Fortbildung für uns beide zu einem schnellen Erfolg geführt hatte.

Jetzt muss ich Kathi im Grunde genommen mit einer Notlüge abspeisen, dachte ich, und ich bin mir nicht sicher, ob sie diese bereits durchschaut hat.

An dem besagten Abend hatten wir ausgiebig über unsere Ziele sowie unsere Zufriedenheit mit unserem Job bei der Walther KG gesprochen. Wir spielten Phantasiereise: Was müsste sich in deiner beruflichen Tätigkeit ändern, damit du jeden Tag mit einem echten strahlenden Lächeln in die Firma kommst? Nach ein paar weiteren Drinks ging's dann an die Kollegen: Welche Kollegin, welcher Kollege sollte mehr Einfluss erhalten? Wer ist entbehrlich und sollte gehen? Ich war von Kathis Esprit und Einfallsreichtum fasziniert.

Ich winkte der Empfangsdame hinter dem Tresen freundlich zu und musste feststellen, dass ich weder ihren Namen kannte noch jemals ein längeres Gespräch mit ihr geführt hatte. Ein gewisses Gefühl von Beklemmung befiel mich plötzlich. Was war das für ein Haus, dessen Menschen in ihren jeweiligen Arbeitshöhlen und Nischen quasi vor sich hin lebten, ohne einander richtig zu kennen; ein Haus, das morgens und abends nur Menschenströme in jeweils eine Richtung auszulösen schien und die Betroffenen sich nur in diese Ströme einzugliedern und zu funktionieren hatten. Mit Kathi hatte ich mehrfach über diese Problematik gesprochen, sie hatte nur geantwortet: „Du bist ein unverbesserlicher Romantiker!"

Jetzt noch die Drehtür und dann an die frische Luft. Ein gehöriges Quantum an der heute für Hamburg prognostizierten frischen Meeresluft

wehte mir ins entgegen und streichelte mein Gesicht. Ich mochte diese wechselhafte Nordwest-
strömung, stand sie doch in gewisser Weise für
Veränderung. Danach war mir heute definitiv zu
Mute.

Schlegel war ich gestern im Aufzug begegnet und
er war sofort auf die Holländer zu sprechen gekommen. „Ist unsere Marschrichtung mittlerweile
klar? Und damit meine ich: *allen* klar? Für das
Strategiegespräch nächste Woche sollte jeder wissen, wohin die Reise gehen soll. Die Holländer
müssen danach lechzen, auf unseren Zug aufzu-
springen."

Dr. Konstantin Schlegel pflegte Dinge immer poin-
tiert anzusprechen. Man könnte seine Art auch
reichlich penetrant nennen. Das musste jeder wissen, der mit ihm zu tun hatte. „Und was ist mir
dir, Sören? Hast du die Präsentation fertig? Bitte
lass mir vorab eine Kopie zukommen!" Das war es,
was mir an Schlegel gehörig auf den Geist ging: Er
war ein absoluter Kontrollfreak, ein Stück weit
überheblich, meist ließ er seine höhere Position in

der Abteilung jeden spüren. Er war kurz nach mir als Junior Consultant in die Firma gekommen, war aber schnell zum Senior aufgestiegen. Nicht wenige Kollegen trauten ihm weitere Karriereschritte zu. Spätestens in jedem fünften Satz, so sagte man, betone er seine Zusatzqualifikation in Harvard vor drei Jahren.

Ich musste mich mit ihm irgendwie arrangieren, schließlich arbeiteten wir meist zusammen, auch was die Holländer betraf.

De Rujter zählte schon einige Zeit zu unseren Kunden und ließ sich in Sachen strategische Neuausrichtung beraten. Ich hatte mich bislang vorrangig um die Firma gekümmert und gute Kontakte hergestellt und gepflegt.

„Weißt du, du solltest dich in erster Linie an den nackten Zahlen orientieren und dir jedwede Emotion verkneifen, wir sind schließlich kein Wohltätigkeitsunternehmen. Auch ein Chirurg ist dann gut, wenn er dem Patienten zwar ein paar Schmerzen zumutet, aber dann schließlich für langfristige Gesundung sorgt!", pflegte Schlegel immer zu sa-

gen, was bei mir dauerhaftes Unbehagen hervor-
zurufen pflegte. „Und mach den Holländern klar,
dass sie an einer schmerzhaften Umstrukturie-
rung nicht vorbeikommen, sei es beim Arbeitskos-
tenproblem, sei es beim Thema Outsourcing!"
Auf dem Weg in Richtung Hauptbahnhof kam ich
am Kiosk vorbei, wo ich, einem für mich wichtigen
Ritual nachkommend, allmorgendlich meine drei
Tageszeitungen kaufte. Drei deshalb, weil ich der
Ansicht bin, vor Arbeitsbeginn mit einem ausge-
wogenen Meinungsspektrum versorgt worden zu
sein, um in jeder Phase meines Arbeitstages potenziellen Diskussionen kompetent bestehen zu
können. Bei diesem Gedanken musste ich
schmunzeln. Hatte doch vor etwa einem Monat die
Chefetage beschlossen, mehrere Kompetenzteams
zu installieren, um die interne Spezialisierung vo-
ranzutreiben. Sogar Schlegel hatte die Nase ge-
rümpft und der Idee nicht viel abgewinnen können. „Jeder Mitarbeiter muss auf allen Teilgebieten
kompetent sein; wir gehen ganzheitlich vor!" Ich
muss sagen, dass Schlegel mir dabei zum ersten

Mal ein Stück weit sympathisch vorgekommen war.

Karels Kiosk war ein kleiner garagenartiger, verklinkerter Anbau. An seiner Stirnseite über Tür und Fenster regte eine für den Anbau viel zu große Leuchtreklame zum Kauf eines Boulevardblattes und einer Programmzeitschrift an. Neben der schmalen Holztür gab es ein winziges Fenster, dessen obere Hälfte mit Zeitschriftenseiten beklebt war, so als wollte der Besitzer einen vollständigen Blick auf den Inhalt seines Geschäftes unterbinden. Unten links ermöglichte ein noch kleineres Fensterviertel, welches per Schiebemechanismus zu öffnen war, den Verkaufsakt und den Kundenkontakt, sozusagen wie früher an den Fahrkartenschaltern der Bahnhöfe. Hinter dieser Luke tauchte das verschmitzte Gesicht von Karel auf, dem Kioskbetreiber, der aus Prag stammte, seit fast dreißig Jahren in Hamburg lebte und diesen kleinen Kiosk als seinen Lebensmittelpunkt betrachtete. Es war mir stets ein Rätsel geblieben, wie Karel damit finanziell über die Runden kam. Darauf angesprochen, hatte er einmal im Sinne der Bremer Stadtmusikanten geantwortet: „Etwas Besseres als den Tod findet man überall." Eine Lebensweisheit, über die ich noch lange nachgedacht habe.

Karel war im Prager Frühling („Frihling" sagte er) aufgewachsen, sein Vater, ein Journalist, hatte sogar mit Dubček zusammengearbeitet. In den Jahren nach der Niederschlagung wurde das Leben zunehmend schwer erträglich für Karel, der einen Job als Bühnenbildner am Theater innehatte, stets ein Freigeist war und dementsprechend Schwierigkeiten bekam. Nach der Grenzöffnung setzte er sich nach Deutschland ab und fand in Hamburg eine Bleibe und ein bescheidenes Dasein.

„Wie geht's dir Karel?", fragte ich und musste mich leicht bücken, um in die Fensteröffnung hinein zu blicken.

„Nanu, schon Feierabend?", fragte er. „Irgendwie schon", antwortete ich, „ich muss eine Reise antreten." „Oh du Glücklicher, dann kommst du ja raus aus deinem Elfenbeinturm!" Karel hielt nicht viel von „diesen modernen Managern", wie er zu sagen pflegte, „die machen die kleinen Leute arbeitslos."

Wenn man Karel nach seinem Befinden fragte, antwortete er meist, indem er oft kryptisch und vielsagend auf olfaktorische Sinneseindrücke abhob. So auch heute: „Nicht gut, es riecht nach Unfrieden." Ich war überzeugt, dass Karel die meisten der Zeitungen in seinem Kiosk, zumindest deren politischen Teil, gelesen hatte und die aktuelle Stimmung analysiert hatte. „Schau mal hier, nicht gut!", und deutete auf einen Artikel zum Ergebnis der letzten Landtagswahl. „So viele Prozente für die Rechten, das stinkt doch zum Himmel!" Ich antwortete: „Du hast Recht. Vielleicht müssten sich die Wahlberechtigten vor der Wahl einem Coaching-Prozess unterziehen. Dann käme ich ins Spiel", lachte ich. Karel lachte ebenfalls und wünschte mir eine gute Reise, ohne mich nach Zweck und Ziel gefragt zu haben. Auch das schätzte ich an Karel, er nahm seine Kunden in der jeweiligen Befindlichkeit an und stellte keinerlei neugierige Fragen. Er hatte eine Antwort auf fast alle Fragen, und das auf eine überaus positive Art. Ich stellte mir den Super-GAU vor, wenn die politischen Verhältnisse sich so verändern würden, so dass es ihn nicht mehr gäbe. Ein Szenario ohne die Karels dieser Welt – unvorstellbar!

Wir verabschiedeten uns, ich hätte ihn am liebsten umarmt, die kleine Fensterluke hinderte mich jedoch daran.

Ich ging weiter zum Berliner Tor und überlegte, ob ich die U- oder S-Bahn zum Hauptbahnhof nehmen sollte, verwarf aber den Gedanken sofort. Die Luft tat mir gut und mein Kopf wurde langsam wieder klar. Ich bog in die Adenauerallee ein und erblickte das Herrenbekleidungsgeschäft in der Böckmannstraße, ein Traditionshaus, in dem ich mich, als ich bei der Walther KG anfing, für mehrere tausend Euro hatte einkleiden lassen. Bisher hatte ich nie Wert auf adrette Kleidung gelegt und neben dem Gebot seitens der Firma, einen bestimmten Dresscode einzuhalten, empfand ich diesen mittlerweile als *dienlich,* wie ich es ausdrückte.

Über die Adenauerallee gelangte ich zum Museum für Kunst und Gewerbe, wo ein Plakat auf die derzeitige Ausstellung „68. Pop und Protest" hinwies. Gerne hätte ich sie sich mir angesehen, faszinierte mich doch diese Zeit des Aufbruchs, des Protestes und vor allem der Musik. Karel hätte jetzt gesagt, die Zeit brauche noch einmal so etwas wie 68, die Menschen ließen sich heute so vieles gefallen, ließen sich treiben, hätten vielfach keine Visionen mehr. Welche Rolle spielte der Faktor Glück überhaupt in der Lebensplanung? Gab es andere, schöne Kriterien oder nur materielle?

Gestern Abend hatte ich mit Sandra eine heftige Diskussion über eine neue Wohnung. Sie wünschte sich schon seit geraumer Zeit einen Umzug aufs Land, sei hier nicht mehr glücklich im Zentrum, und sie wolle den Kindern ein Aufwachsen abseits der Hochhäuser ermöglichen. Ob ich mir denn keine Gedanken mache wegen der Gesundheitsrisiken in der Innenstadt. Außerdem wolle sie einen Garten, um für die Kinder gesunde Lebensmittel anzubauen. Immer wenn Sandra ihren grünen

Ideen frönte, war es Zeit, die Diskussion zu beenden. Sinnlos. Wahrscheinlich hätte sie damals nach dem Studium doch bei den Grünen in die Politik gehen sollen. Stattdessen hatten sie beide einvernehmlich beschlossen, dass es wirtschaftlich der sicherere Weg sei, in den Schuldienst zu gehen. Schließlich konnten sie sich so die 100 Quadratmeter in bester Innenstadtlage leisten. „Schau doch mal", warf ich ein, „worauf wir im Umland verzichten müssten und überhaupt: Jeden Morgen und jeden Abend pendeln, was da für eine Zeit draufgeht.

Von der Steintorbrücke blickte ich auf die darunter liegenden Gleisanlagen hinab, ans Tageslicht tretende Bahnsteige, die am Südende aus dem Hauptbahnhof herausragten.

Nebeneinander aufgereiht hatten Reisende ihren vom Wagenstandsanzeiger empfohlenen Wartebereich für den gebuchten Wagen eingenommen. Sie hatten für den heutigen Tag ihre Richtungsentscheidung bereits getroffen in der Hoffnung, dass seitens der Bahn keine ungeplanten Ereignisse und Störungen eintreten würden. Zusätzliche Sicherheit gaben ihnen die unter dem Bahnsteigdach angebrachten Displays, sodass eine versehentliche Fehlbesteigung eines Zuges nahezu ausgeschlossen werden konnte.

Der Blick hinunter erinnerte mich an die Modelleisenbahn meiner Kindheit. Verstärkt wurde das Bild noch, als ich mich kurze Zeit später auf dem Bahnsteig befand und meinen Blick über das Bahnhofsgelände schweifen ließ, dessen unzählige Lichtpunkte bahntechnisch begründet waren: Signale, Weichen, Lichter der Fahrzeuge kreierten eine besondere Szenerie wie damals auf der Anlage im Eisenbahnkeller. Zu Weihnachten hatte ich sie bekommen und ich fühlte mich zurückversetzt an jenen Heiligabend, als ich endlich das abgedunkelte Zimmer betreten durfte, in dem alles fertig aufgebaut war. Seit diesem Tag tauchte ich immer wieder ein in diese Welt im Kleinen und ich hatte mir diese Vorliebe bis heute bewahrt. Immer wieder aufs Neue war ich fasziniert von der Miniaturisierung in der Technik, die ich, beruflich wie privat, in den letzten Jahren betrachtet und genutzt hatte. Seit damals glaubte ich eine Vorstellung von Groß und Klein zu besitzen und beschloss zugleich, meine Nähe zum Kleinen zu bewahren. Begeistert hatte ich Gullivers Reisen und das Aufeinandertreffen der Titelfigur mit den Riesen gelesen. Später am Gymnasium war Grass' Blechtrommel Pflichtlektüre und Oskar Matzerath, der beschlossen hatte, klein zu bleiben, avancierte zu meinem Helden.

Mit einer gewissen Bewunderung dachte ich an die vielen Menschen, die per Stellwerksentscheidung die massenhaften Ströme der Mobilität in korrekte Bahnen lenkten. Im Grunde machte ich ja weitgehend dasselbe, indem ich in meiner Beratertätigkeit einer Strategie folgend Entscheidungen zu treffen hatte, die allesamt Richtungsentscheidungen waren. Gerne würde ich mich jetzt unter die Reisenden mischen, mich aber im Gegensatz zu ihnen per Zufallsprinzip in einen Zug begeben und mich zu einem Ziel treiben lassen.

Die Meldung kam abrupt und wirkte. Ich nahm die Bewegung aus den Augenwinkeln zunächst eher unbewusst wahr, die auf dem blauen Display des Bahnsteiges entstand, wo sich über der Zielanzeige des angekündigten Intercitys unvermittelt eine Laufschrift in Gang setzte. Von rechts nach links quollen die Wörter wie aus dem Maul des Lesekrokodils, von dem Sandra mir oft erzählt hatte, welches im Anfangsunterricht der Grundschule den Kindern helfen sollte, Buchstaben zu einem sinnvollen Wort zusammenzufügen. In diesem Augenblick bedeutete diese entstehende Bewegung aus dem Lesekrokodil für die wartenden Reisenden eine einschneidende Veränderung.

Vorhin hatte mich noch das Gefühl bemächtigt, hier verlaufe alles wie auch sonst in meinem privaten wie beruflichen Leben nach einem wohldurchdachten Plan. Das Planen war mir stets wichtig, Unwägbarkeiten wollte ich auf jeden Fall vermeiden.

Hätte ich mich in dem Augenblick, in dem sich durch die Meldung in der Laufschrift eine geänderte Situation ergeben hatte, auf dem gegenüberliegenden Bahnsteig befunden, hätte ich im Gefolge der Laufschrift gleichsam als ausgelöste Reaktion eine Bewegung wahrnehmen können, die sich in der Reihe der Wartenden Bahn brach. Ausgelöst durch die Aufkündigung der geordneten Wagenreihung vollzogen die Reisenden einen hektischen Ortswechsel, indem sie die ihnen vorher zugesagte Position des gebuchten Wagens verließen, um den erwarteten, eher vermuteten bzw. erhofften Haltepunkt ihres Wagens wartend einzunehmen. Dabei wirkte die Lautsprecheransage durchaus eskalierend, welche verkündete: „Die Wagen der ersten Klasse befinden sich am Ende des Zuges." So kam es im Grunde zu einer Choreographie zweier gegenläufiger Bewegungen, da ein jeder sich in die Richtung seiner gebuchten Wagenklasse begab, um so, wenn der Zug dann ankäme, im richtigen Zugteil Platz nehmen zu können. So erhofften sie die durch die Planänderung aufgekündigte Ordnung wiederherzustellen. Die Dramaturgie wurde noch verfeinert, als die Laufschrift eine Ergänzung erfuhr: „Der Zug enthält die Wagen 1 bis 8 und 10 bis 15. Heute fehlt außerdem der Wagen 14."

Ich beschleunigte meine Schritte und hatte den Treppenaufgang fast erreicht. Mit mir strömten dutzende Reisende der Rolltreppe zu, die in den gefühlt noch betriebsameren Südsteg über den Bahnsteigen führte. Kurz zuvor war dieser Menschenstrom in Gang gesetzt worden, als die Fahrgäste den Doppelstockwagen entstiegen und der Rolltreppe zustrebten. In diesem Moment ertönte aus den Lautsprechern die Stimme eines wichtigen Menschen aus dem den Passagieren unsichtbaren Regieraum des Bahnhofsmanagements, die die aktuelle Situation bezüglich der möglichen Anschlusszüge verkündete. „Der Regionalexpress nach Uelzen fährt heute abweichend aus Gleis 6." Der Satz hatte für mich etwas Befremdliches. Schließlich war es mir Gewohnheit und Prinzip meines Handelns, stets nach einem wohl überlegten Plan zur rechten Zeit am rechten Ort zu sein. Ich war fest davon überzeugt, in der Firma am richtigen Ort zu sein und dazu auch noch genau dort eingesetzt zu sein, wo ich meine Fähigkeiten am besten anzuwenden glaubte. Zur rechten Zeit am rechten Ort hieß auch Zuverlässigkeit und Pünktlichkeit.

Jetzt waren mir auch noch andere Hindernisse in den Weg gelegt, denn ich musste versuchen, den kleinen Tretminen auszuweichen, die die zahllosen Tauben vom Bahnsteigdach hatten fallen lassen. Ich fragte mich immer wieder, was diese Clochards der Bahnsteige an dieser Location so faszinierte.

Ich überlegte, welchen Zug ich heute nehmen könnte. Richtung Ostsee wäre vielleicht gut. Ich erinnerte mich an die Urlaube in Kellenhusen, an die Tage am Strand, wenn ich mir mit meiner Schwester mittags an der Bude immer Rollmöpse gekauft habe. Bis heute bin ich ein Freund des Meeres, Wanderungen an der frischen Seeluft ent-schleunigen, geben mir stets Inspiration.

Die Zugwahl und das Fahrtziel waren jedoch für mich im Moment unerheblich. Vor zwei Wochen hatte ich mir eine Bahncard 100 zugelegt, natür-lich ohne Sandra etwas davon zu erzählen. Lange hatte ich überlegt, schließlich war ja dafür ein erheblicher Preis zu entrichten. Bahnfahren stellte für mich eine Art Hobby dar und die Karte bot mir ein Höchstmaß an Flexibilität. Insofern war die Karte für mich ein Stück Freiheit, erlaubt sie mir doch, ohne Zwang oder Rechtfertigung eigenständig, mitunter auch spontan, eine für mich passende Entscheidung bezüglich Ziel und Fahrtstrecke zu treffen. Und das Ausmaß von Nähe und Enge. So war es des Öfteren vorgekommen, dass ich kurzfristig entschied, wenn mir meine Positionierung im Zug nicht behagte, am nächsten Bahnhof auszusteigen und eine andere Verbindung zu wählen. Dieses Gefühl des spontanen potenziellen Aussteigers bereitete mir ein zufriedenes Gefühl. Der Weg dorthin war mir durch die Sozialisation im holsteinischen Dorf ganz gewiss nicht in die Wiege gelegt worden.

Ich begab mich auf den Weg zur Lounge, wählte aber nicht den direkten Weg, sondern schlenderte durch die Wandelhalle, jenen Bereich, in dem man fast rund um die Uhr einen Gang durch die Kulinarik dieser Welt unternehmen und alle gängigen Getränke zu sich nehmen konnte. Obwohl ich nicht unbedingt ein Freund von Fastfood war, ertappte ich mich des Öfteren dabei, einfach durch dieses Eldorado der kurzfristigen Nahrungsaufnahme zu schlendern und mir hin und wieder ein schnelles Feierabendbier zu gönnen.

Einem Durstgefühl folgend spürte ich auch in diesem Moment den Drang, mir trotz der frühen Tageszeit einige Gezapfte hinter die Binde zu gießen. Ist diese Stimmungslage schon der Einstieg in den Alkoholismus? Darüber grübelnd nahm ich auf einem Barhocker an dem hufeisenförmigen Tresen Platz und die freundliche Dame dahinter nahm meine Bestellung entgegen. Mir gegenüber saßen drei Herren, die sich dem Fußballspiel auf dem Bildschirm widmeten, der gewissermaßen als Dauerschleife der visuellen Berieselung einzelne Thekengäste in Beschlag nahm. Ab und zu ließ sich einer der Männer einen syntaktisch unvollständigen Kurzkommentar zum Spiel entlocken, der sofort mit ähnlicher Diktion eines seiner Kollegen erwidert oder ergänzt wurde.

Ein älteres Paar nahm auf den Hockern neben mir Platz. Die Bedienung nahm ihren Getränkewunsch auf machte sich an der Zapfanlage zu schaffen. Der Mann zog einen Faltplan aus der Tasche und breitete ihn auf der Theke aus. Ich erkannte einen Fahrplan und der Mann erklärte seiner Begleiterin, mit welchen Zügen sie heute das „Schöner-Tag-Ticket" benutzen könnten. „Und gegen 19:00 Uhr sind wir dann wieder zurück", erläuterte er.

Ich kam ins Grübeln. Da nutzen zwei ältere Herrschaften ein günstiges Reiseangebot mit dem verheißungsvollen Namen „Schöner Tag" und denken bereits an dessen Ende.

Der Coach in mir beschloss, die beiden darauf anzusprechen. „Entschuldigen Sie, darf ich Sie einfach mal etwas fragen: Sie wollen eine Bahnfahrt unternehmen, wollen sich einen schönen Tag gönnen, sprechen aber bereits jetzt über dessen Ende? Das verstehe ich nicht."

Der ältere Mann hatte seine kurzzeitige Sprachlosigkeit verloren und sah mich trotz meiner neugierigen Einmischung mit einem freundlichen Lächeln an.: „Aber wir sind es nun einmal gewohnt, alles in planbarem Rahmen durchzustrukturieren."

„Für den Alltag ließe ich das ja auch großenteils gelten. Einem schönen Tag, den man sich gönnt, läuft das aber zuwider. In den lässt man sich doch einfach fallen."

Die Dame lachte: „Na hören Sie mal. Wir sind nicht mehr die Jüngsten!"

„Das Hineinfallenlassen gilt ohne Altersbeschränkung", lachte ich. Was sagte ich da? Ich redete übers Älterwerden, ich, der jetzt schon mit dem Schicksal haderte, nächstes Jahr vierzig zu werden. Und meine Fähigkeit, Schönes zu erkennen, war mittlerweile auf ein Minimum geschrumpft, im beruflichen Umfeld gar verloren gegangen. Nächstes Jahr 40, und Sandra hatte schon mehrere Versuche unternommen, mich nach meinen Wünschen bezüglich des großen Festes, das sie für mich veranstalten wolle, zu fragen. Ein Horrorgedanke für mich, am liebsten würde ich mich auf eine Hallig zurückziehen.

Die beiden schauten mich ziemlich konsterniert an. Hoffentlich hatte ich Sie nicht gekränkt mit meiner Schwatzhaftigkeit. Ich entschuldigte mich nochmals und sagte: „Auf jeden Fall wünsche ich Ihnen einen gelungenen schönen Tag. Genießen Sie ihn!"

Anschließend fragte ich mich, wann ich zum letzten Mal einen wirklich schönen Tag gehabt hatte, privat wie beruflich. Der Ausflug mit den Zwillingen in das Freilichtmuseum kommt mir in den Sinn, an dem wir alle viel Spaß gehabt hatten. Sandra hatte ich lange nicht mehr so locker erlebt. Ich erinnere mich, dass sie uns alle mit ihrem lange Zeit vergessenen mädchenhaftem Lachen angesteckt hatte.

Beruflich gestaltete sich letzte halbe Jahr alles andere als schön.

Die drei Fußballfans waren nach den diversen Runden nun ebenfalls in Hochstimmung. Ihre

Bemerkungen wurden lauter, ihr Gelächter schwappte bis zum Fischrestaurant nebenan.

Ich bezahlte mein Bier, rutschte von meinem Hocker und verließ die Wandelhalle.

Der Strom der Menschen brandete mir entgegen, ich versuchte deren Laufwege so gut es ging zu antizipieren, um mögliche kollisionsartigen Begegnungen zu vermeiden.

Wie viele der Reisenden würden wohl gleich in Erwartung eines schönen Tages ihren Zug besteigen, wie viele davon trotz des beruflichen Zwecks ihren Tag mit positiven Erlebnissen in den nächsten hinüberretten können. Für wie Viele ist die Fahrt nur öde Pflicht ohne Perspektive auf einen schönen Tag?

Die Szenerie änderte sich deutlich, als ich die DB-Lounge der ersten Klasse betrat. An der Rezeption erhielt ich die Zugangserlaubnis, indem eine Mitarbeiterin meine Bahn-Card durch ein Lesegerät zog. So erhielt ich privilegierten Zutritt zu einer Art Wartesaal der Losgeschickten, wenn auch in ansprechendem Ambiente mit mehreren Sitzgruppen,

wo man auf bequemen Sesseln platznehmen konnte. Vor einer Wand gab es einen Arbeitsbereich mit
zahlreichen Steckdosen und mehrere Reisende
hatten hier für die Zeit des Wartens ihren tempo-
rären Arbeitsplatz eingerichtet. Das dezente Kla-
ckern der Tastaturen ergänzte das Bild von zei-
tunglesenden Kunden, von denen die meisten sich
zudem an der Getränkestation bedient hatten. Ich
ließ meinen Blick durch den Raum schweifen und
fragte mich, welche Schicksale, Gedanken und Befindlichkeiten sich jeweils hinter den Gesichtern
der per Fahrkarte zielbestimmten Reisetätigkeit
befinden mochten. Die meisten von ihnen vermittelten jedenfalls den Eindruck, dass sie diesem
profanen Ort durch ihre Anwesenheit eine gewisse
Bedeutung verliehen und demonstrieren wollten,
dass sie sich jetzt und hier am richtigen Ort befanden. Die Art, wie sich hinsetzten, bewegten,
Zeitung lasen oder ihr Getränk zu sich nahmen,
ließ vermuten, wie wichtig sie sich nahmen. Zu
Recht oder auch nicht, aber diese Differenzierung
vorzunehmen hatte ich keinerlei Veranlassung.

Ich ließ mich auf einem freien Sessel nieder und wollte mich gerade vor dem Hintergrund dieser selbstbewussten Gesellschaft in meinen E-Book-Reader vertiefen, als in der Sitzgruppe eine bewegungsbedingte Hektik zu entstehen schien, die durch den gemeinsamen Blick eines Paares auf den Monitor entstand, der dem Empfangstresen gegenüber die aktuellen Abfahrtszeiten der Züge anzeigte. Offenbar waren die beiden uneins in der Einschätzung der Zeit, die sie mutmaßlich bis zum relevanten Bahnsteig benötigen würden. Ich blickte dem Paar nach, als sie die Lounge in Richtung Aufzug verließen.

In diesem Moment sah ich sie zum ersten Mal.

Als sich die Aufzugtür geöffnet hatte, betrat eine Frau, geschätzt Ende dreißig, mit einer hellblonden Kurzhaarfrisur den Bereich vor dem Tresen und zeigte ihre Fahrkarte vor. Sie sprach die Bahnmitarbeiterin freundlich lächelnd an. Offensichtlich kannten sich die beiden. Es entwickelte sich ein kurzer Plausch und die hinzugekommene Frau kommentierte ihre Sätze mit einer zauberhaften Mimik. Anmutend aber insgesamt doch eher dezent geschminkt hatte ihre Ausstrahlung etwas Besonderes. Ich suchte nach einem passenden Adjektiv: vornehm könnte missverständlich wirken, ich fand kein besseres als „souverän".

Die Frau verabschiedete sich von der Mitarbeiterin am Eingang und schritt durch die Lounge. Ich verfolgte jeden ihrer Schritte und vermied es, sie anzustarren. Ihr Weg erfüllte die Lounge mit einem Glanz, ich war von ihr fasziniert. Andererseits wunderte ich mich über mich selbst. Durfte ich als fast Vierzigjähriger und Familienvater wie ein Teenager einer attraktiven Frau hinterherschauen? Außerdem bin ich seit fast zehn Jahren verheiratet, mit Sandra, die ich liebe. Was würde sie jetzt sagen, wenn sie meine Blicke sähe. Wie war das eigentlich damals, als ich Sandra zum ersten Mal begegnete, ebenso schmetterlingsbetont wie heute? Ich glaube, es war eine eher nüchterne Szene, als ich ihr in der Uni begegnete und sie mich nach dem Weg zu einem Seminarraum fragte. Es hatte auch noch zwei zufällige Begegnungen gebraucht, bis ich sie auf einen Kaffee einlud. Seltsam, dass man sich an die vordergründigen Situationen erinnert, aber nur in Ansätzen an die begleitenden Emotionen. Es hatte dann noch fast ein Vierteljahr gedauert, bis wir zusammenzogen.

Und jetzt diese Frau. Mein Kribbeln im Bauch wurde noch heftiger, als ich sah, dass sie mit ihrem Rollkoffer zwischen zwei Sitzgruppen hindurch auf den freien Platz neben mir zuhielt.

„Ist hier noch frei?", fragte sie und ich antwortete schnell: „Gerne!" Sie nahm neben mir Platz und legte ihren Mantel über ihren Koffer. Mit einer grazilen Geste nestelte sie ein goldfarbenes Tablet aus ihrer Handtasche und nahm es in Betrieb.

„Viel Betrieb heute in der Lounge", stellte sie fest und öffnete eine Datei, offenbar eine Exceltabelle.

„Ich bin heute zum ersten Mal hier", entgegnete ich.

„Fahren Sie nicht oft mit dem Zug?", fragte sie.

„Bisher nicht." Und dann erzählte ich ihr von meinem Kauf einer Bahncard und der mit deren Hilfe geplanten, spontanen Kurzreisen.

„Das heißt, Sie fahren irgendwie los, ohne einem Reisezweck gezielt nachzukommen?" „Genau! Manchmal habe ich das Bedürfnis rauszukommen."

„Das kann ich gut nachvollziehen. Entschuldigen Sie bitte meine Neugier: Rauskommen, um auszubrechen?"

„Aus dem Alltag ausbrechen beschreibt es sehr gut, finde ich."

„Alltag? Job oder Familie?

S ie ergänzte sofort: „Sorry, jetzt geht meine Fragerei wirklich zu weit. Vergessen Sie's!"

Normalerweise hätte man ihr Recht geben müssen. Erstaunlicherweise empfand ich ihre Neugier nicht als indiskret oder aufdringlich. Sie machte das mit eben mit dieser entwaffnenden, charmanten Souveränität, die ihrem Nachhaken jegliche Impertinenz nahm.

„Kein Problem, schon in Ordnung. Die Vorlage habe ich Ihnen schließlich selbst gegeben. Meine Antwort: Gemengelage, mehrheitlich jedoch jobbedingt."

„Und dann setzen Sie sich einfach in den nächsten Zug und fahren los?", wollte sie wissen. „So ungefähr, das Fahrtziel ist zweitrangig. Hauptsache, ich kriege einen guten Sitzplatz und kann lesen oder an meinem Buch weiterschreiben."

„Großartig! Und was schreiben Sie?"

„Erzählungen, Satiren. Vielleicht wird ja mal ein Roman daraus."

„Krimi oder Liebesroman?

„Mal schauen. Ist wahrscheinlich nur ein Traum von mir."

„Seinem Traum sollte man eine Chance geben ..."

Mir gefiel diese Unterhaltung zunehmend. Ich war einigermaßen überrascht, als die Frau mir ihre Hand entgegenstreckte und unvermittelt sagte: „Kristina Hedlund."

„Sören Hansen, freut mich!", erwiderte ich und reichte ihr meine Hand.

„Ebenfalls. Søren mit durchgestrichenem ø?"

„Nein, nicht dänisch, einfach mit ö. Sören aus Holstein. Und Hedlund klingt auch skandinavisch,

stimmts?" „Richtig! Mein Vater stammt aus Nor-
wegen."

Ein Smalltalk in der Lounge der Bahn, vor wenigen Minuten waren wir uns zum ersten Mal begegnet und wie er sich entwickelte, würden wir
gleich unsere Biographien austauschen."

Das Geklapper der Tastaturen und das ständige
Kommen und Gehen der Fahrgäste bildeten das
Grundrauschen in der Lounge. Das Hauptbild in
der Choreographie der Menschen war das unun-
terbrochene Blicken auf die Uhren und auf das
Display mit den demnächst abfahrenden Zügen.
Die Leute wirkten wie aufgezogen und program-
miert, Bilder aus Charlie Chaplins „Moderne Zeiten" mit den Figuren im Räderwerk der Zeitmesser
liefen vor meinem Auge ab. Ein Leben nach der
Uhr und der Zwang zur Pünktlichkeit seien die
ersten Schritte auf dem Weg zum Burnout, hatte
ich kürzlich gelesen. Zeit ist das Medium dieser
Lounge, die Menschen bewegen sich inmitten dieses Mediums. Ich hing weiter meinen Gedanken

nach, während die anderen Reisenden sich weiter in ihrem vorgesehenen Zeitgeflecht orientierten.

Mit Kathi hatte ich oft über das Phänomen Zeit sinniert. In diversen Coachingsitzungen hatten wir zum Thema „Zeitmanagement" gearbeitet. Anschließend unternahmen wir eine Art Supervision, um Strategie und Verlauf unserer Gespräche auszutauschen und zu analysieren.

Seit der Situation damals im Tagungshotel hatten wir stillschweigend zu einem Modus Vivendi gefunden, die überbordenden Gefühle außen vorließ und unser Verhältnis auf einer professionellen und gleichzeitig freundschaftlichen Ebene festschrieb. Kathi war in der Firma Vertrauensperson und das, was man eine gute Freundin nennen durfte. Wahrscheinlich war sie der Grund dafür, dass ich weiterhin bei der Walther KG geblieben war.

„Soll ich ihnen einen Kaffee mitbringen?", fragte ich meine Nachbarin. Kristina Hedlund strahlte mich mit ihrem bezaubernden Lächeln an und sagte: „Das wäre nett von Ihnen, vielen Dank."

Ich ging zum Kaffeeautomaten und stellte eine Tasse unter den Ausguss. „Milch, Zucker?" „Nur Milch, bitte!"

Als ich mit zwei gefüllten Tassen zurückkam, beendete Kristina Hedlund gerade ein Handytelefonat und schnitt eine mürrisch anmutende Grimasse, welche gar nicht zu ihrer gepflegten und begehrenswerten Ausstrahlung passte. Sie bedankte sich für den Kaffee, während ich beiläufig, so als wären wir schon seit längerer Zeit vertraut, fragte: „Was Unangenehmes?" Für einen kurzen Moment glaubte ich, eine Nuance von Traurigkeit in ihrer Mimik entdeckt zu haben. „Schon gut, kein Problem. Der Job holt einen halt immer wieder ein, auch wenn man unterwegs ist", entgegnete sie und ich wunderte mich, dass sie meine Neugierde offenbar überhaupt nicht störte. Ich traute mich sogar, nach ihrem Beruf zu fragen. Sie schaute mir tief in die Augen, so, als ob sie irgendeine Reaktion bei mir würde ausmachen können. „Finanzdienstleistungen, Investmentbanking. Und Sie?"

„Unternehmensberatung, Consultant and Coach."

Schön, insofern hatten wir Transparenz und Vertrautheit hergestellt und jetzt mussten wir nur noch ausloten, ob sich der Rest des Tages vielleicht sogar gemeinsam gestalten ließe. „Also ich fahre nach Frankfurt, ich muss allmählich los. Hätten Sie Lust, mich ein Stück zu begleiten. Oder haben Sie hier und heute noch Verpflichtungen?" Diese Frau war der Hammer! Mir schossen natürlich Firma und Familie durch den Kopf, aber seltsamerweise nur kurz. Ich wunderte mich über mich selbst: Sollte ich mich mit fast Vierzig auf ein Abenteuer einlassen, mal was Verrücktes machen? Aber dafür hatte ich mir die Bahncard ja zugelegt! Ich hatte bemerkt, dass ich bereits eine SMS von Sandra auf meinem Smartphone hatte. „Wann können wir mit dir heute Abend rechnen? Denkst du daran, noch zwei Baguettes mitzubringen?" Meine Schmetterlinge im Bauch ließen mich die Baguettes und sonstiges vergessen und ich antwortete Kristina: „Sehr gern, kein Problem!"

„Dann können wir ja uns über Ihr Buchprojekt noch ein wenig unterhalten."

Nach den akustischen Warnzeichen schlossen sich die Türen des IC nach Stuttgart. Ich ging vor Kristina her durch die Sitzreihen und hielt Ausschau nach zwei nebeneinanderliegenden Plätzen. Ich überließ ihr den Fensterplatz und streckte mich aus, die Beinfreiheit im Großraumwagen der ersten Klasse war komfortabel, und griff zu einer meiner Tageszeitungen. Kristina hatte ihren Laptop auf das Klappbrett gestellt, während sie unter dem Sitz nach der Steckdose fummelte.

Der Großraumwagen war gut gefüllt. Alles Menschen, von denen ich dachte, sie seien, einem Reiseauftrag folgend, von A nach B unterwegs, um diese von dienstlicher oder privater Seite verordnete Reisetätigkeit erfolgreich abzuwickeln. Ein Eisenbahnwaggon voller funktionierender Individuen. Der Wagen roch nach Großraumbüro. Hinter Harburg ging eine dienstlich-souveräne Zugbegleiterin durch die Reihen, sagte man heutzutage eigentlich noch Schaffnerin? Die Kontrolle inklusive Bestätigung durch amtlichen Zangenabdruck hatte im Zeitalter der Digitalisierung für mich schon etwas Antiquiertes. Für mich hatte die Bahn immer noch Behördencharakter.

Kristina arbeitete, während ich überlegte, da ich ja eher einem privaten Reisezweck folgte, die Kopfhörer aus meiner Tasche zu holen und mir ein wenig Musik zu gönnen. Till Brönner? Roger Cicero? Oder das Tingvall-Trio? Ich verwarf diese Idee, weil ich davon ausging, dass ich mich für eine Unterhaltung mit meiner neuen Begleiterin bereithalten sollte. Ich betrachtete sie von der Seite, Sonnenstrahlen gaben ihrem blonden Haar einen besonderen Glanz.

Eine freundliche Dame aus dem Bordbistro kam vorbei und fragte nach Getränkewünschen. Ich hatte beschlossen, bereits Feierabend zu haben und bestellte mir ein Weißbier vom Fass. Kristina überlegte kurz und sagte: „Vielleicht später!"

Als mein Bier gebracht wurde, hob ich kurz mein Glas an und sagte zu meiner Nachbarin: „Auf Ihr Wohl!" Diese reagierte mit ihrem unvergleichlichen Lächeln und antwortete: „Sag bitte Kristina, Sören!" Da waren sie wieder, meine Schmetterlinge!

„Sehr gerne: Kristina!" Was war das für ein Tag heute! Am Morgen hätte ich alles hinschmeißen können, hatte ich ja auch ein wenig, und jetzt fühlte ich mich auf Wolke sieben, wie man zu sagen pflegte.

Was wohl Sandra jetzt machte? Und die Kinder? Sie würde sie gleich zur Musikschule bringen. Ich überlegte, ob ich ihr eine SMS schicken müsste. Aber das könnte ich später ja immer noch.

Ich widmete mich der Zeitung und trank mein Bier in kleinen Schlucken. Kurz vor Bremen betrat eine weitere Bedienstete der Bahn unseren Wagen und ging in gleichmäßigem Tempo durch die Reihen. Als sie fast in unserem Bereich angekommen war, erkannte ich den kleinen, unscheinbaren Gegenstand, den sie in ihrer Hand hielt. Es war ein Zählgerät, welches sie beim Durchgehen in regelmäßiger Taktung niederdrückte und so offensichtlich die Fahrgastzahl erhob. Dabei unterstrich ihre Mimik die unternehmensbedeutsame Relevanz ihres Tuns, indem sie statistisch verwertbares Material bezüglich Auslastung des Zuges lieferte. Während ich über diese profane Prozedur und ihre möglichen Konsequenzen für den Betriebsablauf der Bahn nachdachte, wünschte ich mir eine differenzierte Erhebung, in der Zielvorstellungen, Wünsche und Befindlichkeiten der Losgeschickten Gegenstand der Befragung wären. Vielleicht sollte ich dabei so eine Art ‚Coaching to go' als mobile Dienstleistung anbieten.

Kristina klappte ihren Laptop zu und wandte sich mit einer Drehung Sören zu. „Sorry, ich musste kurz etwas einarbeiten. Jetzt habe ich Zeit für dich. Erzähl mal etwas über dich! Du betreibst also Unternehmensberatung? Spannend."

„Geht   so. Manchmal. Aber bis die Unternehmen mitziehen, gilt es mitunter dicke Bretter zu bohren. Das Coaching liegt mir mehr." „Kann ich dich mal buchen?", fragte Kristina und ich wusste nicht recht, ob sie das ernst gemeint hatte. Offenbar musste sie das an meinem Gesichtsausdruck abgelesen haben, denn sie erklärte: „Es geht darum, wie ich aus einem Dilemma herauskomme. Welche Optionen ich habe."

„Klar geht das. Sehr gerne sogar. Privat oder beruflich?"

„Privat natürlich!" Wieder dieses bezaubernde Lächeln.

„Hier und jetzt?", fragte ich. „Bis Frankfurt sind's noch drei Stunden."

„Wie hoch ist denn dein Stundensatz?"

„Kommt darauf an. Aber dies ist ja eine Art ‚Spontan-Coaching", antwortete ich, „Zahlbar nur bei Erfolg!"

„Dann lade ich dich auf jeden Fall heute Abend in Frankfurt zum Essen ein, einverstanden?"

Was hätte ich dagegen einwenden können? Allerdings fielen mir Sandra und ihre SMS wieder ein. Ich schaute kurz aufs Smartphone und musste feststellen, dass es mittlerweile drei Kurznachrichten von Sandra waren. Ich musste jetzt handeln.

„Danke, das ist ja ein wunderschönes Honorarangebot", sagte ich und musste dabei wohl gestrahlt haben wie damals, als ich meine elektrische Eisenbahn bekam.

„Sorry, ich muss mal eben eine SMS verfassen", sagte ich und verließ meinen Platz. Ich ging zur Toilette und stellte mich anschließend in den Bereich davor, um meine Nachricht einzutippen. „Tut mir leid, es wird sehr spät heute Abend. Ich musste heute Mittag nach Frankfurt, habe ein Meeting mit de Rujter. Versuche, den letzten Zug zurück nach Hamburg zu kriegen. Küss meine Mädels! Sören."

So, jetzt war die Nachricht raus. Derart belogen hatte ich Sandra noch nie. Es kam zwar öfter vor, dass ich außerplanmäßig nach Hause kam, aber noch nie in diesem Ausmaß und vor diesem Hintergrund. Da ich mich oft in Besprechungen befand, hatte ich mit Sandra die Vereinbarung, dass sie mich nie anrufen solle. Dafür hatte ich ihr versprochen, sie mit SMS stets auf dem Laufenden zu halten.

Grübelnd trat ich den Rückweg zu meinem Sitzplatz an. Kristina empfing mit ihrem strahlenden Lächeln und hatte sich mittlerweile ein Gin Tonic servieren lassen.

„Was hast du eigentlich in Frankfurt vor?", fragte ich.

„Ich treffe mich mit einem Kollegen im Hotel an der Messe. Unser Firmensitz ist in Frankfurt." Und was machst du in dieser Zeit? Oder fährst du mit dem nächsten Zug zurück? Denk an das Abendessen!"

„Ich könnte ja in einem Café auf dich warten, falls dein Meeting nicht zu lange dauert", schlug ich vor.

„Das würdest du wirklich tun?"

„Ich bin heute mit dem Vorsatz aufgestanden, etwas Verrücktes zu tun!"

Kristina lachte. „Respekt. Und du glaubst, dass ich das Warten wert bin? Du kennst mich ja kaum."

„Verrücktes muss man durchziehen." Ich konnte kaum glauben, was ich da von mir gab. Aber ich fühlte mich erstaunlich gut dabei.

„Ich hoffe, dass ich in spätestens einer Stunde fertig bin."

„Geht klar. Ich werde in der Hotel-Lounge auf dich warten."

Sie ergriff meine Hand, sagte „Danke dir!" und drückte mir einen Kuss auf die Wange. In welchem Film war ich gerade? Ich beschloss, den Fortgang der Handlung genießend auf mich zukommen zu lassen. Und Hamburg war in diesem Moment weit weg. Noch eine halbe Stunde bis Frankfurt.

Wir tauschten noch unsere Handynummern aus, damit wir uns nach Kristinas Termin kurzschließen konnten.

Ich hatte bemerkt, dass sie seit Köln zunehmend nervöser wirkte. „Unangenehmer Termin?", fragte ich. Sie zögerte mit ihrer Antwort und sagte dann: „Unangenehm und mit ungewissem Ergebnis." Nach kurzer Pause fügte sie hinzu: „Deshalb bin ich ja so froh, dass du in meiner Nähe bist." Ich wusste nicht so recht, was ich davon halten sollte. In wenigen Stunden würde ich wahrscheinlich mehr wissen."

Der Zug rollte langsam in den Frankfurter Hauptbahnhof und kam am Bahnsteig des Gleises 6 zum Stehen.

Mit dem Strom der Ausgestiegenen schwimmend eilte Kristina dem Ausgang zu, ich hatte Mühe in dem Getümmel zu folgen. Seltsam, nach stundenlanger Bahnfahrt, die viele als Entschleunigung empfanden, nahmen hier die Reisenden ihre rasante Anfangsgeschwindigkeit wieder auf, als könnten sie dadurch die obligatorische Zugverspätung sofort kompensieren.

Kristina hielt auf den Taxistand zu, obwohl ich persönlich den nicht allzu weiten Spaziergang zum Hotel an der Messe vorgezogen hätte. Entsprechend enttäuscht schaute auch der Fahrer drein, als Kristina ihm das Fahrtziel dieser Kurzstrecke zurief.

Der majestätische Messeturm empfing uns, als wir nach wenigen Minuten vor der Hotelzufahrt anhielten. Das üppige Trinkgeld versöhnte den Fahrer ein wenig und wir betraten die Lobby. Diese Umschlagplätze des Ankommens und Abreisens übten auf mich immer wieder eine gewisse Faszination aus. Ich fragte mich, in wie vielen Romanen und Filmen diese Locations zumindest zeitweise Dreh- und Angelpunkt der Handlung gewesen sind.

Kristina ging zur Rezeption und fragte den Hotelangestellten nach einem Namen und einer Zimmernummer.

„Ich warte am besten hier in der Lobby auf dich und lasse mich von dem Treiben hier für mein Buch inspirieren", schlug ich vor.

„Gut, ich hoffe, es dauert nicht lange", antwortete Kristina und ging in Richtung der Aufzüge.

Ein Kellner in Livree kam in die Lobby, hielt auf mich zu und fragte, ob er mir etwas zu trinken bringen könne.

„Gerne, einen Cappuccino bitte! Und könnte ich ein Stück Kuchen dazu haben?"

„Sehr gerne. Apfel, Käse-Sahne, Sacher?"

„Apfelkuchen wäre hervorragend", erwiderte ich und vertiefte mich in mein E-Book. Und wartete.

Kürzlich hatte ich in einer Zeitung gelesen, dass der Mensch in seinem Leben durchschnittlich 372 Tage mit Warten zubringt. Unfassbar! Und wieder fing ich an, darüber nachzudenken, auf was ich mich hier eingelassen hatte. Es war Nachmittag und ich war mit einer fremden Frau nach Frankfurt gereist, von der ich nichts wusste, als dass sie sich jetzt in einem Hotelzimmer mit einem Kollegen, also offensichtlich auch einem Investmentbanker, traf und irgendetwas Unangenehmes besprach. Und ich saß hier und verbrachte meine Zeit mit Warten, während mein Job so langsam in Gefahr und mein Privatleben ins Wanken geriet. Sandra wird sich langsam sorgen machen, die Zwillinge werden sicher schon zwanzigmal gefragt haben, wann der Papa endlich nach Hause kommt. Auf dem Display meines Smartphones sah ich drei neue SMS, eine von Sandra, zwei von Kathi. Ach ja, der angebliche Zahnarztbesuch. Schlegel wird Kathi gehörig auf die Nerven gegangen sein mit seinen Bemerkungen über meine Arbeitsmoral. So langsam baute sich ein Berg vor mir auf.

In der Lobby herrschte das übliche Treiben, Geschäftsleute mit Aktenkoffern und Laptoptaschen checkten ein und führten mir plötzlich vor Augen, dass ich gar kein Gepäck dabeihatte, falls ich in Frankfurt übernachten müsse. War das Abenteuer oder einfach Blödheit? Das war ein neues Motiv für eine meiner Kurzgeschichten: Was braucht der Mensch wirklich, inwieweit kann er improvisieren. Darüber könnte ich ja einmal in einer Geschichte philosophieren. Dieser Gedanke hellte meine Stimmung ein wenig auf.

Und was war mit Kristinas Stimmung geschehen? Je näher wir Frankfurt und damit ihrem Termin gekommen waren, um so bedrückter und nervöser wurde sie. Sie, die zuvor Souveräne, Heiterkeit verströmende Bankerin, von der ich angenommen hatte, dass sie, anders als ich, jeglichen Herausforderungen mit einer nonchalanten, professionellen Härte begegnen würde. Zuletzt wirkte sie fahrig, kurz angebunden alles andere als stark.

Mein Cappuccino und mein Kuchen kamen und ich stellte fest, dass ich seit dem Frühstück kaum etwas gegessen hatte.

Zwei Herren in elegantem Business-Outfit beschwerten sich an der Rezeption offenbar über ein technisches Problem im Tagungsraum. Ein junges Paar fragte nach einem Stadtplan und einer bestimmten Kulturveranstaltung am heutigen Abend. ‚Kabarett' glaubte ich verstanden zu haben. So etwas wäre mir heute gerade recht.

Ich schaute auf meine Uhr und stellte fest, dass die prognostizierte Stunde längst verstrichen war. Aber ich wusste selbst, dass man geschäftliche Termine zeitlich nie genau einschätzen konnte.

Die Sessel in der Empfangshalle hatten sich mittlerweile gut gefüllt und der Kellner hatte sich Verstärkung durch eine Kollegin geholt. Augenscheinlich spielte sich jetzt so etwas wie eine Happy Hour ab und zahlreiche Gäste gönnten sich zur Einstimmung in den Abend ein Bier, einen Prosecco oder einen Single Malt.

Und worauf stimmte ich mich ein? Mir fiel wieder das Wort ‚Abenteuer' ein, wobei ich fand, dass dieser Begriff meist einen Beigeschmack beinhaltete. Das, worauf ich mich wie ein ausgebüchster, pubertierender Heranwachsender heute eingelassen hatte, durfte man aber getrost als solches bezeichnen. ‚Gefährliches, nicht alltägliches Ereignis oder Wagnis' googelte ich spontan. Ich stellte fest, dass ich mittlerweile rund zwei Stunden gewartet haben musste, als die SMS kam.

Kristina schrieb in der diesem Kommunikationsweg eigenen rudimentären Sprache: „Alles schiefgelaufen, Besprechung dauert. Wird nichts mit dem Abendessen. Warte nicht auf mich. Bis bald in Hamburg. Sorry, Kristina."

Knappe Sprache erschreckt, schafft Unklarheit, enttäuscht und verletzt. Hat etwas Endgültiges.

Was sollte ich jetzt machen? Wie ein versetzter Teenager kam ich mir vor. Irgendwie hatte ein weiteres Warten auf Kristina jegliches Prickeln verloren, ich war enttäuscht, konsterniert und furchtbar müde.

Ich ging meine Optionen durch. Wenn ich mich beeilen würde, bekäme ich noch einen Zug nach Hamburg und würde um Mitternacht dort ankommen. Oder sollte ich mir allen Ernstes ein Zimmer nehmen und den morgigen Tag abwarten?

Ich bezahlte Kaffee und Kuchen und eilte Richtung Ausgang. Ein Mann in Jeans und dunkelblauem Blazer stellte sich mir in den Weg und fragte: „Dürfte ich Sie einen Moment sprechen?"

„In welcher Angelegenheit?", wollte ich wissen.

Er hielt mir fast konspirativ verdeckt einen Ausweis hin und sagte: „Vogt, LKA! Es geht um die Frau, mit der Sie heute angereist sind."

Also war ich doch in einem Film. Allerdings war dessen Stimmung jetzt offensichtlich keine heitere mehr.

„Ich verstehe nicht", stammelte ich.

„Was wissen Sie über ihre Begleiterin? Wie lange kennen Sie sie?"

„Kristina Hedlund? Seit heute Vormittag im Zug von Hamburg. Eine Reisebekanntschaft, weiter nichts. Warum in aller Welt fragen Sie?"

„Wissen Sie, was Frau Hedlund hier in Frankfurt vorhatte?"

„Mir sagte sie, sie wolle einen Kollegen treffen."

„Worum es dabei ging, wissen Sie nicht?"

„Nein! Sagen Sie mal, was ist überhaupt los? Ist etwas passiert?"

„Wo ist Frau Hedlund jetzt?"

„Ich habe nicht die geringste Ahnung. Wieso interessiert sich das LKA für Kristina?"

„Sie haben also keine Ahnung von der Sache?"

„Von welcher Sache?"

„Kommen Sie, dahinten in der Sitzgruppe können wir uns ungestört unterhalten!"

Er ging voran und nahm in einem Sessel Platz.

„Ihre Zugbekanntschaft ist wahrscheinlich in eine Erpressung verwickelt."

Ich sank in meinen Sessel. Kristina eine Erpresserin?

„Unmöglich!", erwiderte ich.

„Sie glauben ja gar nicht, was alles möglich ist!"

„Und jetzt?

„Wir glauben, dass sie sich mittlerweile am Flughafen befindet und sich absetzen will. Unsere Leute sind dran. Aber Ihnen gegenüber hat sie nicht verlauten lassen, welches ihre Pläne sind?"

„Nein, überhaupt nicht. Wir hatten nur den üblichen Reise-Smalltalk. Ich fasse es nicht!"

„Wir hatten Frau Hedlund schon länger auf dem Schirm. Leider ist sie uns heute durch die Lappen gegangen."

„Und was kann ich jetzt noch für Sie tun?", wollte ich wissen.

„Im Moment nichts. Aber halten Sie sich zu unserer Verfügung. Bitte geben Sie mir Ihren Personalausweis, damit ich Ihre Daten notieren kann. Wahrscheinlich werden sich meine Hamburger Kollegen mit Ihnen in Verbindung setzen."

Ich überreichte ihm meinen Ausweis und hoffte nur, dass ich dieses Hotel bald verlassen könnte.

Ich machte mich auf den Weg zum Bahnhof und zwar zu Fuß. Ich wollte versuchen, an der kühlen Abendluft so etwas wie einen klaren Kopf zu bekommen.

Mit fielen die beiden Alten von der Bierbar wieder ein, ob sie es noch geschafft hatten, sich einen schönen Tag zu machen. Ich fragte mich, ob man die Frage nicht umkehren sollte: Wie vermeidet man, dass es ein schlechter Tag wird? Meiner war hundsmiserabel geworden. Wie hatte es dazu kommen können, wann hätte ich spätestens die Notbremse ziehen müssen, um ihn zu verhindern. Kristina eine Erpresserin?

Während meines Gangs zum Hauptbahnhof schaute ich in meiner App nach, wann der nächste ICE nach Hamburg abfahren sollte. Ich beschloss, sofort in das Bordrestaurant zu gehen, um mir erst einmal meinen knurrigen Bauch vollzuschlagen und mir diverse Biere einzuverleiben.

Ich ging zum Bahnsteig und würde etwa eine Viertelstunde später im Zug sitzen. Allein. Mit meinem E-Book. Und mit meinem Moleskine, um an meiner Kurzgeschichte zu arbeiten. Wenn ich beim Einsteigen meinen Blick ein wenig nach links gewandt hätte, wäre mir unter Umständen die Dame mit Kurzhaarfrisur aufgefallen, die auf dem benachbarten Bahnsteig gerade in den TGV Richtung Paris stieg. Aber das würde ich erst später erfahren.

Ich legte mir ein paar Sätze für meine Geschichte zurecht und dachte in diesem Moment darüber nach, was Karel dazu gesagt hätte.

Bis Hamburg müsste ich einen Großteil des Textes geschafft haben.

Später würde ich ihn in meinem Kurzgeschichtenbuch veröffentlichen. Die ersten Exemplare würde ich Karel und Kathi geben, vielleicht sogar Sandra. Aber das konnte ich mir ja noch überlegen. Eventuell würde ich zudem vorher ein Coaching bei Kathi in Anspruch nehmen.

Aufstieg

Der Bus kam pünktlich. De junge Frau reihte sich ein in den Strom der einsteigenden Menschen. Der Fahrer quittierte den Kauf ihrer Fahrkarte mit einem kurzzeitigen Lächeln. Einen Platz fand sie im vorderen Teil des Busses neben einem jungen Mann mit Baseballkappe. Diese Linie war wie immer am Nachmittag gut frequentiert und nach der zweiten Haltestelle mussten einige Fahrgäste im Gang stehen, sich mit einer Hand festhaltend der einhändigen Bedienung ihrer Smartphones konzentriert widmend. Die junge Frau verspürte ein bekanntes Gefühl von Enge, wobei man nicht behaupten kann, dass es sich dabei um so etwas wie Klaustrophobie handelte, wohl aber in der Art, die einem das Zu Nahetreten auf kleinem Raum als unangenehm erscheinen lassen konnte. Sie schaute sich um und versuchte, in den Gesichtern der Mitreisenden Anhaltspunkte für die Einschätzung des Grundes und damit des Zieles deren Reise abzulesen. War die Benutzung des Busses beruflich bedingt, diente sie eher dem Zwecke, in der Stadt einzukaufen, oder wollte man soziale Kontakte pflegen und jemanden treffen. Gleichzeitig machte sich die junge Frau gewissermaßen einen Sport daraus und taxierte die Menschen, wie sie es häufig zu tun pflegte, hinsichtlich ihrer, man könnte es so nennen, gesellschaftlichen Einordnung. Sie hätte sich, darauf angesprochen, vermutlich gewehrt, in diesem Fall von Schubladen zu sprechen. Aber ihrem gänzlich privaten Vergnügen nachhängend, wäre es ihr egal gewesen, ob man den Begriff Schublade, Leiter oder Stufe angewandt hätte. Sie fuhr zwar hin und wieder mit dem Bus, aber auch heute beschlich sie das Gefühl, sich in einem olfaktorischen Bad in der Menge zu befinden. Nicht, dass jeglicher Geruch, den die sie umgebenden Menschen verbreiteten, unangenehm oder gar abstoßend zu nennen wäre. Jedoch führte die Melange aus Parfum, Schweiß und Alkohol auch zu einer weiter differenzierenden Einordnungstätigkeit.

Nach fünf Haltestellen stieg die junge Frau aus, um in den Bus zur Universität oberhalb des Tales zu wechseln. Der Bus war ebenfalls überfüllt, und sie konnte sich weiterhin intensiv ihren privaten Studien widmen. Allerdings hatten sich die Sinnesreize deutlich gewandelt: Nunmehr waren es eher die akustischen Emissionen, die sie einzuordnen versuchte. Ein Wolkenmeer von Unterhaltungen, Gesprächen per Smartphone, mehr oder weniger kreativen Klingeltönen sowie nur unzureichend gedämpfter Musikbeschallung über Kopfhörer drangen diffus an ihr Ohr. Dazu war ihr die Gelegenheit gegeben, die aufgenommenen mehrsprachigen Partikel hinsichtlich ihrer Herkunft sozusagen geographisch zuzuordnen.

An der Endhaltestelle verließ die junge Frau den Bus und hielt zügigen Schrittes auf ein kleines Wäldchen oberhalb des Universitätskomplexes zu. Während ihres Studiums war sie des Öfteren hier entlanggegangen, um ein wenig den Kopf freizubekommen. Sie schmunzelte ein wenig, als ihr klar wurde, dass heute ihr Spaziergang dem gleichen Zweck diente. Der Morgen in der Firma hatte sie ein wenig aus der Bahn geworfen. Dazu hatte der

übliche Stress des Arbeitsalltages weniger beige-
tragen als das Gespräch mit der Geschäftsleitung,
zu dem man sie gebeten hatte. Dabei war nicht die
Tatsache der Einbestellung selbst irritierend, denn
sie hatte das Gefühl, dass die Arbeit in ihrer Abteilung in den vergangenen Tagen ohne große Probleme, wenn nicht gar besonders erfreulich verlau-
fen war, sodass sie nichts Negatives erwartete.
Nein, es war der lapidare Satz ihres Chefs gewesen, übe den sie jetzt grübelte: „Können Sie sich
vorstellen, die Leitung der Personalabteilung zu
übernehmen?" Sie befürchtete, in ihrer Reaktion
nicht gerade souverän gewesen zu sein, wie es
sonst stets der Fall war, was sogar ihre Kolleginnen bestätigen konnten. „Bitte geben Sie mir ein
paar Tage Bedenkzeit!", hatte sie geantwortet. Und
jetzt war sie auf dem Weg zu einem markanten
Aussichtspunkt der Stadt, von dessen erhöhter
Position sie sich einen klaren Blick auf die Dinge
erhoffte, so wie der entsprechende englische Begriff *„view point"* mehrere Bedeutungsebenen auf-
bietet, die ihr aktuelles Dilemma treffend be-

schreiben: Standpunkt , Aussichtspunkt, Sicht-
weise , Gesichtswinkel auch waren die Überset-
zungsangebote, die ihr dazu einfielen. Sie passierte
das kleine Birkenwäldchen und stand vor dem
letzten, steiler werdenden Anstieg zum Gipfel-
punkt, der fast Wahrzeichen des Stahlstandortes
gewordenen ehemaligen Schlackenhalde des ehemaligen Hüttenwerkes. Als sie oben angekommen
war, ließ sie ihren Blick schweifen über den In-
dustriestandort in der Talaue mit seinen zahlreichen Betrieben und Werkshallen. Ein zufriedenes
Gefühl bemächtigte sie bei dem Gedanken, wie sie
vor Jahren in einem Betrieb dort unten ihre Ausbildung zur Industriekauffrau absolviert hatte.
Und nun stand sie hier oben, ausgestattet mit dem
großzügigen Angebot ihres jetzigen Chefs, gewissermaßen auf der Karriereleiter einen entscheidenden Schritt nach oben zu machen. Die junge
Frau blickte von hier auf die Industrielandschaft
unter ihr, in der in diesem Moment unzählige
Menschen bemüht waren, auf dem ihnen zugeteil-
ten Arbeitsplatz als kleines Rädchen im System

das große Ganze am Laufen zu halten. Sie hatte sich für das Angebot zwar bedankt, jedoch nicht spontan zugesagt, weil ihr plötzlich ein Paket voller unbeantworteter Fragen sozusagen vor die Füße gefallen waren. Was würde ihr Freund sagen, würde er sich damit arrangieren können, dass mit der Beförderung künftig nicht mehr an einen geregelten Acht-Stunden-Tag zu denken war? Würde es ihre gemeinsame Lebens- und Familienplanung entscheidend beeinflussen? Was würden die Arbeitskollegen denken, die sich an eine neue Vorgesetzte würden gewöhnen müssen? Und sie selbst: Will sie überhaupt in die anspruchsvollere Position wechseln? Sie allein hat die Entscheidung in der Hand, sie muss den Schritt tun. Sie sinnierte an diesem Ort über das Thema vorhin im Bus: Würde sie sich bei dem Wechsel auf eine andere Stufe, in eine andere Schublade der Einsortierung auch selbst eine Andere werden? Würde sie die Menschen heute im Bus künftig noch anders betrachten? Würde sie in ihrer privilegierten Position künftig überhaupt noch dieses Bad in der Menge nehmen wollen? Und grundsätzlich: War sie nicht glücklich, wie es im Moment war?

Sie trat einen Schritt vor und hatte die Abbruchkante des Berges erreicht. In den nächsten Tagen würde sie dem Chef ihre Entscheidung mitteilen müssen. Diese nahm in ihren Gedanken hier oben so langsam Konturen an. Sie genoss noch einmal den Blick vom Aussichtsberg, atmete tief ein, war froh, diesen Ort aufgesucht zu haben, hatte sie doch den Sachverhalt sozusagen von einer höheren Warte in den Blick genommen, und trat, mit nunmehr größerer Klarheit im Kopf, den Rückweg zur Bushaltestelle an. Den Abstieg bewältigte sie mit einer gewissen Leichtigkeit, sie empfand ihn in diesem Moment gar nicht steil, nein, man darf behaupten, auf dem nunmehr wieder erreichten Niveau fand sie sich wohl.

In Gesellschaft

Heute schenkte sie ihm, wie er fand, ein besonders freundliches Lächeln. Der Mann war in der Reihe der Wartenden aufgerückt und stand an der Abendkasse des Theaters. Zuvor hatte er sich von der Fußgängerzone kommend dem angestrahlten und hell erleuchteten Gebäude genähert. Wie immer hatte ihn dieser Anblick mit einem angenehmen, ja wohligen Gefühl erfüllt, wie er es früher gekannt hatte, wenn er und seine Frau zu Hause den Kamin entfacht und es sich in ihren Sesseln davor gemütlich gemacht hatten. Das aber lag lange zurück.

Die Dame hinter dem Tresen blickte zu ihm auf und begrüßte ihn herzlich, was man durchaus freundschaftlich, ja familiär nennen könnte. Der Mann wusste diese persönliche Ansprache zu schätzen. Sie kannten sich nunmehr schon lange und er überlegte, ob er es wagen könnte, sie nach ihrem Vornamen zu fragen. Schließlich wäre dann die Atmosphäre ihres Umganges auf einer noch höheren Stufe der Vertrautheit angekommen. Er nahm sich fest vor, sie bei seinem nächsten Besuch diesbezüglich anzusprechen. „Was haben Sie denn heute für mich?", fragte der Mann. Die Frau schaute ihn mit einem verschmitzten Lächeln und sagte nach einer Weile mit bedeutungsvoller, fast feierlicher Miene: „Es wird ihnen gefallen: Tschaikowski." Sie sagte dies, obwohl sie sich eingestehen musste, den Geschmack dieses Besuchers immer noch nicht zu kennen. Er war ein ständiger Gast, kam nahezu an jedem Wochenende, zuletzt auch häufiger unter der Woche. Stets war er allein unterwegs. Nach einiger Zeit hatte sie sich gefragt, mit welcher Summe er wohl im Jahr sich seine kulturelle Leidenschaft kosten ließ. Sie hielt es aber nicht für angebracht, sich näher nach seinen Lebensumständen zu erkundigen, obwohl, wenn sie ihn gefragt hätte, er es durchaus als ein Zeichen ihres nunmehr gewachsenen persönlichen Umganges interpretiert hätte. So beschränkte sich bei aller Vertrautheit ihr Kontakt auf das Notwendige vor der Vorstellung, den Kartenerwerb, ergänzt durch das ritualisierte kurze Gespräch nach der Veranstaltung, welches er, mittlerweile schon mit Mantel auf dem Arm, immer mit der Antwort auf die obligatorische Frage, ob die Vorstellung ihm denn gefallen habe, durch ein „Vorzüglich!" abschloss. Wobei er dieses Attribut nicht ausschließlich auf die dargebotene Veranstaltung, sondern stets ganzheitlich auf den gesamten Abend bezog.

Nach dem Erhalt seiner Karte ging er die Treppe hinunter in den Garderobenbereich, um sich seines Mantels zu entledigen. Die freundlichen Damen begrüßten ihn ebenfalls in fast vertrauter Ansprache, verbunden mit einem kurzen Austausch über, wie es sich für Garderobendamen schließlich auch anbietet, das aktuelle Wetter. Die Mantelübergabe war ihm fast ein wenig peinlich, da sich seine Frau, als diese noch bei ihm wohnte, darüber mokiert hatte, dass er dieses in die Jahre gekommene Kleidungsstück nicht längst der Altkleidersammlung zugeführt hatte. Der Mann gestand sich ein, dass er, nachdem er allein lebte, zu einem gewissen Geiz neigte, denn es war ihm wichtig, stets genügend Geld für seine Theaterabende bereitliegen zu haben. Einen Verzicht darauf hätte er als gravierende Einschränkung empfunden. Sobald er jedoch den alten Mantel über den Tresen gereicht hatte, empfand er die darauffolgende Situation als eine deutliche Veränderung. Er betrachtete sich jedes Mal in dem großen Spiegel und blickte mit größter Zufriedenheit an sich herab. Im vergangenen Jahr, als sich seine bis dahin eher sporadischen Besuche im Apollo längst zu einem festen Bestandteil seines Lebens entwickelt hatten, hatte er sich bei einem Änderungsschneider den geliebten dunkelblauen Zweireiher aufarbeiten und mit dekorativen Goldknöpfen versehen lassen. Dies gab ihm das Gefühl, in dieser Abendgesellschaft nicht nur am richtigen Platz zu sein, sondern im feinen Outfit von seiner Seite ebenfalls einen gewissen Beitrag zur Feierlichkeit beisteuern zu können.

In dieser Aura des Wohlgefühls begab er sich wieder ins Foyer und durchschritt zunächst den allmählich größer werdenden Besucherpulk, erkannte das eine oder andere Gesicht, ohne allerdings einen einzigen Namen zu kennen, grüßte hin und wieder mit einer minimalen, fast antiquiert anmutenden Geste angedeuteten Verbeugens. Spätestens jetzt verstärkte sich das Gefühl des Mittendrinseins und Dazugehörens.

Nach dieser fast pantomimischen, ja choreographisch aufbereiteten Zeremonie bevorzugte er es, an einem Stehtisch in der Mitte zu verweilen und dem Auf und Ab der flanierenden Besucher im lichtdurchfluteten Foyer weiter zuzuschauen und das Gefühl zu genießen, zumindest an diesem Abend in der Mitte des gesellschaftlichen Lebens verortet zu sein. Nur kurz gingen ihm die Bilder durch den Kopf, wenn er so manchen Abend in seinem Wohnzimmer jeglicher Feierlichkeit und Wärme entsagend allein verbracht hatte.

Fast bedauerte er es, wenn der Gong zur Vorstellung rief und er diesen Ort verlassen musste, um sich in den Saal zu begeben, in dem die zuvor heiter und mehr oder weniger planlos wandelnde

Schar sich fügen musste in eine Ordnung von Platzkategorie und Sitznummer.

Am Ende der Vorstellung vermied er es konsequent, im Strom der anderen der Garderobe zuzueilen. Nein, er genoss es, noch zu verweilen und somit möglichst lange inmitten seiner Festgesellschaft zu verbleiben. Erst spät, wenn der Strom am Garderobentresen bereits versiegt war, bat er um seinen Mantel und strebte gemächlich dem Ausgang zu, nicht ohne ein kurzes Gespräch mit den Angestellten des Theaters.

Nun kam gewissermaßen der letzte Akt des Abends. Er überprüfte kurz den Inhalt seiner Geldbörse und hielt auf den Taxistand zu. Längst hatte er für sich beschlossen, sich den kleinen Luxus der Taxifahrt zu leisten, in der Hoffnung, auf Mehmet als Fahrer zu treffen, der ein aufmerksamer Zuhörer war und mit dem er gerne den vorherigen Kulturgenuss im Gespräch ausklingen ließ.

Zu Hause angekommen hoffte er, dass sein Wohnzimmer nicht zu sehr ausgekühlt war. Im Gedanken daran, den Rest des Wochenendes allein zu verbringen, schwand sein Gefühl innerer Wärme.

Kurgast

Der Fahrgast stand an der Tür, als der Zug in den Bahnhof des Kurortes einfuhr. Sein Taschenbuch, das er während der Fahrt komplett gelesen hatte, befand sich jetzt in der Innentasche seines Mantels. Kurz vor Antritt der Reise hatte er im Bücherregal zu Hause den Band „Kurgast" von Hermann Hesse gefunden, den er vor vielen Jahren einmal gelesen hatte und von dem er sich nicht bloßen Zeitvertreib während der Bahnfahrt, sondern auch Einstimmung auf seinen kommenden Aufenthalt im westfälischen Solebad versprach. Der Bahnhof, der eher ein moderner, nüchterner, funktionaler Bahnsteig war, hatte nicht ansatzweise die Anmutung wie in Hesses Erzählung, in der sich dort der Zauber des Kurortes entfaltete. Der Reisende hatte nicht den Anspruch, den Bahnsteig als Kurgast zu betreten, nein, dieser Begriff hatte den Klang von längst Vergangenem und erinnerte an die Zeit, als dem Aufenthalt in einem Badeort etwas Erhabenes, fast Vornehmes oder gar Romantisches zugeschrieben werden konnte. Weit entfernt von Erhabenheit war die Art und Weise, wie der Ankommende dem Eisenbahnwagen entstieg, indem er mithilfe von Haltegriff und einer Gehhilfe die Stufe und den Bahnsteig erreichte. Nein, sein geplanter Aufenthalt in diesem Kurort sollte allein dem lapidaren Zweck dienen, sich von den Folgen seiner Knieoperation zu erholen und seine nicht gänzlich vorhandene Gehfähigkeit wiederherzustellen. Insofern fühlte er sich nicht als Kurgast, sondern als Rekonvaleszent, der sich der modernen Therapiemöglichkeiten der Rehabilitation bedient, für die dieser Ort sich einen Ruf erworbenen hatte.

Nur mit einer kleinen Umhängetasche bahnte sich der Mann seinen Weg in Richtung der gebuchten Rehaklinik. Seine Koffer hatte er vorausgeschickt und so versuchte er, sich auf die einzelne Krücke stützend, ein zwangsläufig eingeschränktes, jedoch halbwegs passables Bild von Gehmotorik abzugeben. Seine anfängliche Sorge, etwa mitleidsvolle Blicke zu provozieren, erwies sich als unbegründet, da er auf seinem Weg zahlreiche Mitstreiter um bestmögliche, wenn auch eingeschränkte Beweglichkeit ausmachen konnte.

Nach der Anmeldung in der Klinik führte ihn eine junge Dame zu seinem Zimmer, das er als zweckmäßig und sogar ein Stück weit als gemütlich empfand. Er legte Hesses Erzählung auf den Nachttisch und beschloss, sich in seiner therapiefreien Zeit auf Spurensuche zu begeben, ob er Parallelen zu Hesses Kurgast im modernen Rehabetrieb entdecken würde. Der erste Tag verging schnell mit Untersuchungen und Besprechung seines Therapieplanes, sodass er für den Nachmittag des zweiten Tages plante, einen ausgedehnten Spaziergang durch den Kurort zu unternehmen, um das Freizeitverhalten seiner Mitpatienten zu erkunden. Bewegung in der frischen Luft würde ihm nach dem Mittagessen guttun, welches er am ersten Tag als gut und reichlich kennengelernt hatte. Er stellte in Frage, ob die gute Verpflegung den Empfehlungen der Ärzteschaft zuwiderlaufen könnte, was Gewichtsreduzierung anbetraf. Zu-

mindest auf einem Teilgebiet schien ihm der Kur-
erfolg somit gefährdet.

So machte sich der Mann auf den Weg, sozusagen
auf den Spuren des Hesse'schen Kurgastes und
landete in einem Kurpark, wo die fürsorgliche
Kurverwaltung eine ordentliche Anzahl von Ruhe-
bänken aufgestellt hatte, die, der medizinischen
Verfassung der meisten Gäste entsprechend, zum
Ausruhen einluden. Der Mann nahm ebenfalls das
Angebot dankend an und ließ sich nieder. Diese
Entscheidung entpuppte sich für ihn allerdings
nach kurzer Zeit als Nachteil insofern, dass ein
anderer Kurgast neben ihm Platz nahm. Es entwickelte sich, wie in vermutlich allen Kurparks der
Welt, die obligatorische Plauderei über das jeweilige Befinden, die Errungenschaften der modernen
Rehamedizin und die allgemeinen Vor- und Nach-
teile der Unterbringung in gerade diesem Badeort.
Um nicht unhöflich zu wirken, ließ sich der Mann
für eine Weile auf das Gespräch ein, erhob sich
dann mit der Entschuldigung, das nun beginnen-
de Kurkonzert besuchen zu wollen, von der Bank

und wünschte seinem Mitpatienten noch einen schönen Tag.

Er hielt auf die Konzertmuschel zu, vor der sich bereits eine zahlreiche Kulturgemeinde eingefunden hatte, um sich dem folgenden musikalischen Genuss hinzugeben. Der Mann liebte Musik, allerdings nicht unbedingt von dem Genre, das ihm hier bevorstand, aber er hatte vorhin das Kurkonzert als willkommene Ausrede benutzt, um der Erzählbank für Krankheitsgeschichten zu entkommen. Im Gegenteil, Kurkonzerte sah er, allenfalls als Zerstreuung an, als Zeit, von der man ja so viel übrighat, um den Nachmittag rumzubringen.

Er hatte jetzt die Absicht, sich mit den übrigen Gästen auf diesen verordneten Aufenthalt inklusive Kurkonzert einzulassen. Das kleine Orchester gab sich redliche Mühe, spielte eingängige Melodien und natürlich die obligatorischen Gassenhauer, was zur Folge hatte, dass sich der Mann zunehmend unwohl fühlte. „Auf was für ein Niveau habe ich mich jetzt hinabbegeben?" Es war zum

Weglaufen, aber wie denn mit diesem orthopädischen Befund! Weglaufen, wohin überhaupt?

Schließlich würde er in diesem Städtchen ja für die nächsten Wochen mehr oder weniger ansässig sein, zur Ortsfestigkeit verurteilt.

Letztendlich fasste er den Entschluss, sich in eines der gemütlichen Cafés zu begeben und das eher unfreiwillige Kurleben an sich herankommen zu lassen. Später würde er die Buchhandlung aufsuchen und schauen, ob er nach Hermann Hesse etwas Passendes für die ihm verbleibende Zeit als „Kurgast 2.0" finden würde.

Ratschläge

Ich überlegte, ob ich das Telefon nicht auf lautlos stellen sollte. Im Hintergrund liefen Einaudi und Cacciapaglia, deren Klaviermusik seit Stunden meinem Tun den akustischen Hintergrund bereitet hatte. Jedes Mal zerschlug das Klingeln die kontemplative Stimmung der Musik. Gleichzeitig wurde ich aus dem Schreibfluss gedrängt, sodass meine heutige Wörterzahl weit hinter der veranschlagten, erst recht hinter der wünschenswerten lag. Jeder Anruf war eine Unterbrechung, die zwar nicht automatisch zu einer von mir gefürchteten Schreibblockade führte, mich jedoch immer wieder aufs Neue an der Fertigstellung meines Buches zweifeln ließ.

Der eifrige Anrufer war Dr. Adler, seines Zeichens Mitglied des Lektorats und persönlicher „Kümmerer" im Verlag, wie er selbst zu sagen pflegte. „Ich schwebe wie eine gute Drohne über Ihnen und Ihrem Werk!", hatte er gesagt und ich frage mich, ob es die überhaupt gibt: gute Drohnen.

Dr. Adler, Germanist und Anglist (*„Meine Zeit am King's College in Cambridge war meine erhellendste!"*) sowie Lektor für zeitgenössische Deutsche Literatur, war mein Ansprechpartner oder besser, er war der Partner beim Verlag, der mich ständig ansprach und sich nach der Entwicklung meines neuen Buches erkundigen wollte. Und er sparte keineswegs mit Tipps und Änderungsvorschlägen, *Änderungsanordnungen*, wie ich es nannte. So gerieten manche Telefonate zu langwierigen Disputen, die mich und gewiss auch Dr. Adler in Zweifel brachten, ob der Fertigstellungstermin im Frühjahr einzuhalten sei (*„Wir müssen vor der Leipziger rauskommen!"*), wie er stets in der Diktion eines Zeitungsredakteurs postulierte. Das ärgerte mich gewaltig, sah ich meinen Roman doch keineswegs als journalistisches Fast Food, sondern als Meilenstein des zeitgenössischen Gesellschaftsromanes.

Mein Arbeitszimmer war spartanisch eingerichtet wie die gesamte kleine Wohnung in Köpenick. Gern hätte ich mich als intellektueller Individualist in einem Szenestadtteil niedergelassen, meine

Wohnungssuche scheiterte natürlich am Geld. Meine beiden Romane war seit zwei Jahren auf dem Markt, die Verkaufszahlen waren *respektabel* (Dr. Adler), in meinen Augen eher ernüchternd. Meine finanzielle Situation konnte man vorsichtig formuliert einigermaßen stabil nennen. Ich teilte meine Wohnung mit Maike, meiner Freundin, die als Rechtsanwaltsgehilfin einen Gutteil zu den Mietkosten beitrug. Letztendlich fühlten wir uns in der kleinen Wohnung wohl und schätzten den Stadtteil wegen des vielen Grüns und der Wasserflächen.

Ich schaltete mein Telefon aus, denn ich hatte keinen Nerv für Dr. Adlers Einlassungen, insbesondere konnte ich sein Lamento nicht mehr ertragen, was die Protagonisten meines Romans betrifft. „Wir sollten die Akteure stärker in der Mittelschicht verorten, schließlich kommen die Leser eben aus dieser. *Figuren von der Straße*, wie Adler es nannte, gar aus prekärem Milieu vielleicht, mögen ja in Fernsehfilmen oder zeitgenössischen Theaterstücken ihre Berechtigung haben. „Potenzielle Leser wollen sich mit den Figuren im Buch identifizieren, ihresgleichen sozusagen. Probleme gibt es allerorten, warum sollte man Geld für ein Buch ausgeben, welches sie erzählt? Ein Roman will auch unterhalten, vergessen Sie das nicht! Denken Sie mal darüber nach, Herr Warnke, wie Sie die Protagonisten in einem anderen Umfeld unterbringen. In dieser frühen Phase müsste das noch elegant möglich sein."

So ging es schon seit Tagen. In Maike hatte ich keine Fürsprecherin. Sie sagte nur: „Adler hat eine Menge Erfahrung und du solltest in Erwägung ziehen, dass du von deinem Buch ja auch ein bisschen leben willst, also hör auf Adler!"

„Das wäre aber nicht mehr meine Story!", erwiderte ich.

„Du musst aber noch nicht mit deinem dritten Roman die Welt verändern wollen!"

„Adler hat keine Ahnung!"

Seit Tagen also immer die gleiche Leier. Meinen Schreibfluss beflügelte das Ganze natürlich nicht.

Ich zog meinen Mantel an und sagte: „Bis heute Abend!"

„Du betätigst dich also wieder als Sozialarbeiter?"

Ich hatte keine Lust, darauf noch etwas zu sagen, und verließ die Wohnung. Von der Dahme her wehte mir noch ein kühles Morgenlüftchen entgegen, der Nachmittag versprach Temperaturen von über 25 Grad. Ich genoss die kühle Luft und beschloss, auf die Tram zu verzichten und zu Fuß in Richtung Alt-Köpenick und dann zum Bahnhof zu gehen. Am Rathaus ging ich, wie immer, an der Skulptur von Wilhelm Voigt, dem Hauptmann von Köpenick, vorbei. Ich war beeindruckt von dieser Figur, und das nicht nur aufgrund der Filmrolle verkörpert durch Heinz Rühmann. Nein, es war der Kampf des schwachen, kleinen Mannes gegen die Bürokratie. In diesem Augenblick kam mir Wilhelm Voigt wirklich klein vor und ich bewunderte Carl Zuckmayer, wie er diesen Stoff literarisch verarbeitet hat.

An mein literarisches Werk dachte ich in diesem Moment überhaupt nicht, jedenfalls nicht direkt.

Ich dachte an die Menschen, die ich gleich treffen würde. An Nick, eigentlich Nikolai von Barnstorf, einen Sohn aus gutem Hause, wie man früher zu sagen pflegte, der nach einer ruinösen Geschäftsidee finanziell am Ende war und nicht wieder auf die Beine gekommen war. An Rita Wolters, einer immer noch irgendwie attraktiven Frau um die Vierzig, die als Verkäuferin in einem Modeladen am Hackeschen Markt gearbeitet hatte, die aber seit einigen Jahren zu Hause war, um sich um den alkoholkranken Mann und die zwei noch minderjährigen Kinder zu kümmern. Ralli, Ralf Kasulke, der eine Drogenkarriere hinter sich hatte und zwei Jahre im Knast gesessen hatte. Schließlich Henny, Henriette Marx, die fast dreißig Jahre in der Buchhaltung eines Möbelgeschäftes gearbeitet hatte, nach dessen Insolvenz jedoch mit Ende fünfzig nicht mehr vermittelbar war, wie es offiziell heißt. Sie alle und noch mehr würde ich anschließend in der Tafel treffen, wo zweimal in der Woche Lebensmittel an Bedürftige ausgegeben werden. Natürlich auch Katrin und Werner, die die guten Seelen der Tafel waren und neben der Verteilung der Waren stets auch einen Kaffee und ein offenes Ohr für ihre Kundschaft hatten.

Wie üblich hatte sich eine Schlange gebildet, die bis auf den Bürgersteig reichte. Ich ging an den wartenden Menschen vorbei, ohne dass ich ein Murren wahrnahm, da alle wussten und die Neuen es mitgeteilt bekamen, dass ich nicht für die Lebensmittel anstehen wollte. „Den Schriftsteller" nannten sie mich, so als wollten sie deutlich machen: „Der ist harmlos, der nimmt uns nix weg!" Ich muss gestehen, dass mir diese Situation anfangs peinlich gewesen war, denn ich hatte keine Vorstellung davon, mit welchen Augen ich betrachtet würde. Als jemand, der hier nicht hingehört, weil er aus einer anderen Schublade der Gesellschaft kommend an diesem Ort einen Fremdkörper darstellt. Es hatte auch eine geraume Zeit gedauert, bis mich die Leute nicht mehr wie einen Aussätzigen betrachteten, und noch länger, bis sich das eine oder andere persönliche Gespräch ergab.

Nachdem ich nun einige Zeit hier ein- und ausge-
gangen war, fiel es mir nicht schwer, auf die Menschen zuzugehen und mit ihnen zu reden. Bei einigen gewann ich Vertrauen, sie öffneten sich und
erzählten. Von ihrem Leben, ihren Nöten, Sehn-
süchten und ihrer Einsamkeit. Ich hörte ihnen zu,
was ich zuerst lernen musste, auch, dass die we-
nigsten darauf aus waren, schnelle Ratschläge er-
teilt zu bekommen. So lernte ich etwas vom Leben,
dessen unmittelbar hereinbrechende Katastrophen
und den oft hilflosen Versuchen, aus ihnen wieder
herauszukommen. Vor allem lernte ich, welches
Potential in diesen Leuten steckte und einstmals
gesteckt haben mag.

Wenn ich nach einem ersten Gespräch den Eindruck hatte, ich müsste noch mehr von diesem
Menschen erfahren, ja, gewissermaßen einen
Schatz heben, lud ich sie zum Essen ein, und zwar
in ein gutes Restaurant, das sie nie zu betreten
gedacht hätten. Dies riss jedes Mal ein Loch in
mein Portemonnaie, doch ich wollte jedem und jeder Eingeladenen unbedingt etwas geben: Wert-

schätzung. Ich hatte nämlich ein schlechtes Gewissen. Nach einiger Zeit und intensiven Unterhaltungen fragte ich: „Darf ich Ihre Geschichte in meinem Buch verwenden?" Die Reaktionen waren unterschiedlich, aber durch die Bank freundlich. Von „*Meine Geschichte ist doch nichts wert*" über „*Wer interessiert sich schon für mich?*" bis zu „*Würden Sie das wirklich für mich tun?*". In den Wochen darauf kamen meine „Protagonisten" auf mich zu, sobald sie mich sahen und fragten: „*Wie weit bist du, was ist bisher passiert?*" Die meisten interessierten sich sogar für die Schriftstellerei und das Büchermachen. Von Dr. Adler und seinem Problem mit den handelnden Figuren erzählte ich nichts.

Heute kam Werner, der Leiter der Tafel, auf mich zu und sagte: „Da drüben steht Markus, er ist neu hier, kannst du dich mal ein bisschen um ihn kümmern?"

Ich ging auf Markus zu, stellte mich vor und sagte: „Schön, dass du hier bist, Markus! Kannst du mir helfen?"

Der Angesprochene blickte mich erstaunt an: „Ich? Wie das denn?"

„Ich schreibe ein Buch. Erzählst du mir von dir?"

„Wen könnte das schon interessieren?"

„Mich. Und vielleicht die Leute, die mein Buch kaufen."

Ich hatte den Eindruck, er wusste nicht, was er von meinem Ansinnen halten sollte. Daher schlug ich vor: „Weißt du was, hier ist es so laut. Darf ich dich für übermorgen zum Essen einladen? Da fällt es leichter, sich zu unterhalten."

„So richtig zum Essen? Lassen die mich da überhaupt rein?"

„Wer mit mir kommt, wird überall gerne willkommen geheißen."

„Klingt interessant. Weißt du, ich war früher Journalist."

„Super! Also übermorgen um 18:00 Uhr. Hier ist die Karte des Restaurants."

„Und ich komme tatsächlich in dein Buch? Das muss ich sofort meiner Mutter erzählen. Sie ist 89."

Ich trat meinen Rückweg an, natürlich zu Fuß, und beschloss, Dr. Adler gegenüber standhaft zu bleiben. Am Rathaus hätte ich mich fast vor dem Hauptmann von Köpenick zum Gruße verbeugt.

Zeitgefühl

Das ist eine gute Idee", hatte mir Heike nachgerufen, als ich mir den Mantel anzog und aus dem Haus ging. „Frische Luft tut gut", hatte ich gesagt und verkündet, meine morgendliche Runde in Richtung Altstadt in Angriff zu nehmen. Nicht, dass ich Langeweile hätte. Ein halbes Jahr nach meiner Pensionierung war ich bestrebt, meinem nunmehr riesengroßen Anteil an freier Zeit im Tagesablauf eine Struktur zu geben, ja, man könnte fast sagen, ihm trotz fehlender beruflicher Verpflichtung ein gewisses zeitliches Gerüst zu verpassen. Auf gar keinen Fall wollte ich abends sagen müssen, ich hätte mal wieder einen Tag ohne bewusste Gestaltung und ohne jegliche besonderen Aktivitäten *rumgekriegt*. Also Ruhestand als ruhiges, spannungsloses Dasein. Wohlverdient, wie man zu sagen pflegt, aber inhaltsarm. Nein, dazu schien mir die Zeit zu schade und ich fühlte mich noch agil genug, um mich den kleinen Herausforderungen und Begegnungen des Alltags zu stellen. Eine Aufgabe im Ehrenamt hatte ich be

reits übernommen, soziale Kontakte wurden gepflegt und ich freute mich auf meinen Spaziergän-
gen auf das eine oder andere kleine Gespräch.

Am liebsten ging ich am Ufer des Flusses entlang,
nahm bei gutem Wetter hin und wieder auf einer
der Bänke Platz und traf häufig Gleichgesinnte zu
einem kleinen Plausch. Es machte mir auch nichts
aus, allein der konstanten Bewegung des Wassers
zuzuschauen und meinen Gedanken nachzuhängen.

Es war heute einer dieser besonders schönen Tage im Frühsommer, an dem dank einer Hoch-
druckwetterlage ein blauer Himmel dominierte
und Wolken und die Blätter der Bäume, gespeist
von einem mäßigen, schon recht warmen Süd-
westwind, eine bewegte Szenerie gestalteten. Ich
mochte diese Tage besonders, an denen man noch
ohne die Hitze des Sommers den Aufenthalt im
Freien genießen konnte. Es war früher Vormittag
und Mütter schoben Kinderwagen, aus denen die
größeren Kinder diese idyllische Stadtlandschaft
neugierig in Augenschein nahmen. Ein älteres

Paar kam, bepackt mit großen Einkaufstaschen, offensichtlich vom wöchentlichen Markt zurück. Zwei Studenten fuhren auf ihren Rollschuhen den Zwängen ihres Stundenplans davon. Wo eine Stufe im Flussbett dem Gewässer eine besondere plätschernde Dynamik verlieh, verweilte ich einen Moment. Ich sah, dass ein Bach sich mit dem Fluss vereinigte und dem weiteren Weg des Flusses anschloss. Diese Bündelung der Kräfte ging einher mit einer deutlich stärkeren Präsenz dieses Elements, welche auch den Betrachter am Ufer in seinen Bann zog. Ich entdeckte eine freie Bank und ließ mich nieder, nicht etwa aus einer bereits entstandenen Müdigkeit, sondern um die Ausstrahlung dieses Ortes ein Stück länger zu genießen.

Ich entdeckte ihn, als er noch etwa hundert Meter von meinem Platz entfernt war. Ein Mann etwa in meinem Alter hielt auf mich zu. Sein Aussehen hatte durchaus etwas Exzentrisches. Er trug eine rote Hose, ein dunkelblaues Hemd und ein braunes Sakko aus Cord von der Art, wie ich es aus meiner Studienzeit in den siebziger Jahren kannte. Vielleicht war so etwas ja jetzt auch wieder modern. Der Mann trug einen grauweißen Vollbart und als er naher kam, entdeckte ich eine runde Brille mit schwarzem Holzgestell. Über der Schulter baumelte leger eine speckig-braune Umhängetasche und ich dachte wieder an meine Uni-Zeit, als ein junger Dozent im Pullunder damals mit just einer solchen Tasche fast majestätisch in den großen Hörsaal schlenderte.

Der Mann, der „Dozent", wie ich ihn insgeheim nannte, grüßte und fragte, ob der Platz neben mir frei sei. Als ich bejahte, setzte er sich neben mich und schaute, quasi in einer Art Parallelblick mit mir, auf den Flusslauf vor uns. „Schönes Fleckchen hier", bemerkte er.

„In der Tat, ich komme nahezu jeden Tag hierher. Flusslandschaften haben etwas Besonderes für mich."

„Insbesondere, wenn sie in einer gewissen Ursprünglichkeit bewahrt bleiben."

„Richtig. Dann stehen sie gleichzeitig für Ruhe und Bewegung."

„In meinen Augen eher für Bewegung", betonte mein Nachbar. „Fließendes Wasser als eine Art Motor des Lebens."

„*Panta Rhei*, wie Heraklit schon feststellte."

Der Nachbar drehte sich ein wenig weiter zu mir und bekräftigte meine Worte mit einem Kopfnicken und Lächeln, das fast so etwas wie Begeisterung ausdrückte.

„Ich habe mich schon oft gefragt, wie lange das Wasser, welches wir gerade sehen, bis zur Mündung brauchen wird."

„Stimmt. Überhaupt sind die Größen „Zeit" und „Dauer" im Grunde genommen recht subjektiv."

„Aber es gibt doch exakte Messinstrumente", warf ich ein.

„Richtig. Trotzdem hängt Zeit vom individuellen Empfinden ab. Obwohl wir den Begriff im Alltag so oft verwenden, manchmal ohne genauer darüber nachzudenken: Ich frage mich, wie häufig wir am Tag Sätze sprechen oder hören, in denen es um

Zeit geht. *„Wie viel Uhr ist es?"* - *„Wie viel Zeit habe ich noch?"* - *„Bin ich noch in der Zeit?"* - *„Jetzt wird's aber Zeit!"* Dabei fällt mir auf, dass die erst genannte Frage nach der Uhrzeit sehr oft anders gestellt wird: *„Wie spät ist es?"* Das klingt dann so, als habe der Fragende die Befürchtung (zu) spät dran zu sein.

Auch könnte man das Bedauern hineininterpretieren, es sei schon spät am Tage und es bliebe nicht mehr viel nutzbare Zeit davon übrig. Stichwort *Tempus fugit,* also *die Zeit rennt davon.* „Richtig, darüber sollte man mehr nachdenken. Außerdem spricht aus den Fragen das Eingebundensein in ein strukturgebendes Raster von Zeit, das uns im Alltag umgibt. Vielfach werden die Auswirkungen als Zeitdruck und Hetze empfunden. Dies betrifft nicht nur den Arbeitsalltag, einen Bereich, in dem eine bestimmte zeitliche Taktung von den meisten noch als unabdingbar hinzunehmen ist. Das Leben nach der Uhr beeinflusst aber auch den Freizeitbereich sowie bereits den Tagesablauf von Kindern und Jugendlichen. Die verlängerte Zeit in der Schule durch Ganztagsangebote engt die Zeitfenster für Spiel-, Freizeit- und Vereinsaktivitäten deutlich ein. Ob wir es wollen oder nicht – das Leben nach der Uhr prägt uns in großem Maße. Vielleicht sollten wir den Umgang damit bewusster wahrnehmen."

Der Dozent erwiderte schmunzelnd: „Sie sprechen mir aus dem Herzen!"

„Im Übrigen: Zeit vergeht nicht!"

„Das ist aber eine kühne These!"

„Ich empfehle Ihnen das Buch von Martin Suter *„Zeit, Zeit"*. Dort stellt ein Protagonist diese These auf: Zeit selbst vergeht nicht, wir nehmen nur die in ihr geschehenen Veränderungen wahr. Interessanter Ansatz, nicht wahr? Lesen Sie's einmal!"

„Vielleicht sollten Menschen öfter Orte wie diesen hier aufsuchen und dem ruhig fließenden Fluss zuschauen. Dann kämen sie ein wenig von ihrer *„Tempus-Fugit-Philosophie"* weg."

„Sehr gut", bestätigte der Dozent, „Das wäre doch ein guter Beitrag zur Entschleunigung und ein Mittel gegen den Stress. Wie viel Zeit vergeht allein durch die unzähligen Male, in denen man, meist unnötig und eher mechanisch, auf die Uhr schaut. Dann hätte man schon einmal einen echten Zeitgewinn!"

Mein Nachbar kramte umständlich eine Taschenuhr aus seiner Hosentasche. Er zeigte sie mir und ich entdeckte beim zweiten Hinsehen, dass sie nur einen einzelnen Zeiger hatte.

„Schönes Teil", sagte ich, „aber nur ein Zeiger. Kann man denn damit präzise die Zeit ablesen?"

„Gewöhnungsbedürftig ist es anfangs, aber das Ablesen der Uhrzeit gelingt nach einiger Übung durchaus minutengenau. Diese Art der Zeitdarstellung hat aber in meinen Augen angenehme Vorzüge. Dadurch, dass der Einzelzeiger sich langsamer bewegt als ein normaler Minutenzeiger, gewinnt man den Eindruck, die Zeit verginge auch langsamer. Also Entschleunigung via Zifferblatt! Außerdem genügt der Blick darauf mit der Feststellung, es sei kurz vor 13:00 Uhr, doch völlig. Gewiss, wenn man beruflich unterwegs ist oder die minutengenauen Fahrpläne von Bus und Bahn im

Auge haben muss, ist der Gebrauchswert einer Einzeigeruhr fragwürdig. Aber wäre es nicht ein Beitrag zur Entschleunigung und ein Mittel gegen Unterwerfung unter den eng getakteten Tagesablauf, wenn man zumindest am Feierabend, in der Freizeit, am Wochenende oder im Urlaub sich eine solche Art der Zeitdarstellung gönnen würde. Für mich war es jedenfalls so etwas wie ein Ritual: Nach der Arbeit und am Wochenende war gemütliche Freizeitkleidung angesagt und die Armbanduhr wurde gewechselt zugunsten der etwas anderen „Entschleunigungsuhr". Heute besitze ich nur diese eine. Und siehe da: ‚Tempus fugit' ist für mich kein Thema mehr."

Es überzeugte mich schon, was mein Nachbar da erzählte, und ich konzentrierte meine Blicke wieder auf das ruhig und gleichmäßig dahingleitende Gewässer. Ich genoss den schönen Platz an diesem Frühsommertag und blickte versonnen auf die Bewegung des Wassers."

Plötzlich stellte ich fest, dass mein Sitznachbar längst aufgestanden war und hinter der nächsten

Biegung des Uferweges verschwand. Das Letzte, was ich sah, waren seine rote Hose und der aus der Zeit gefallene Sakko. Ich fand sein Erscheinungsbild keineswegs mehr exzentrisch.

Leseberater

Ich habe die Neuerscheinungen platziert und den Sonderangebotstisch ergänzt", rief ihre Mitarbeiterin und nahm ihren Platz hinter der Kasse wieder ein. „Danke dir!", antwortete die Filialleiterin der Buchhandlung und ging zu dem Werbeaufsteller mit dem aktuellen Bestseller, um dessen Position ein wenig zu korrigieren. Die Filialleiterin kehrte zu ihrer Kollegin am Tresen zurück und flüsterte: „Er ist wieder da. Hinten bei den Bestsellern." Die Mitarbeiterin wandte den Kopf und entdeckte ihn sofort. Ein Herr im Rentenalter mit blauer Brille und Tweedkappe hatte zwei Bücher aus dem Regal genommen, richtete seinen Blick jedoch weniger auf die Lektüre als auf die Umstehenden. „Gestern war er den ganzen Vormittag hier", ergänzte die Verkäuferin.

Der Mann kam seit geraumer Zeit zu Ihnen in die Buchhandlung, hielt sich längere Zeit auf und kaufte, wenn nicht jedes Mal, so doch hin und wieder ein Buch. Was auffiel, war die Tatsache, dass er stets andere Kunden einfach ansprach und ihnen offensichtlich das eine oder andere Werk empfahl oder vom Kauf abriet. Anfangs hatte die Chefin ihn ansprechen wollen und ihn auffordern wollen, dies zu unterlassen, schließlich seien sie und ihre Angestellten qua Beruf dafür da, Kunden in Sachen Bücher zu beraten. Diese Absicht wurde jedoch schnell fallen gelassen. Übereinstimmend berichteten alle Mitarbeiterinnen, der Mann rede in angenehmer Ansprache und überaus professionell mit den Kunden. Außerdem sei der Umsatz in den Zeiten, in denen der Fremde anwesend war, signifikant höher gewesen als zu den anderen Zeiten.

Eine der Kolleginnen hatte ein wenig gelauscht und glaubte, dabei die Strategie des Leseberaters entdeckt zu haben. Er scheint die Kunden anfangs intensiv zu beobachten, zu taxieren und hinsichtlich ihrer Vorlieben einzuschätzen, aber offensichtlich auch deren Stimmungslage und Gemütszustand zu vermuten. Anschließend geht er mit ein oder zwei Büchern auf die Leute zu und beginnt darüber einen Smalltalk. Als Türöffner verwendet er meist eine kurze, emotionale Bemerkung zum Titel: „Unfassbar, was dieser Autor draufhat" oder „Ich hätte nicht gedacht, dass mich ein Buch noch einmal so berührt, ich habe geweint wie ein Kind." Neulich sagte er zu einer älteren Dame: „Die Erlebnisse der beiden Hauptfiguren haben auf mich gewirkt wie ein Jungbrunnen!" Dann geht es weiter mit der gezielten Suche. „In der aktuellen Situation ist die Lektüre dieses Buches ein Muss!" Einer jungen Frau legte er nahe: „Legen Sie sich dieses Buch nur für den Notfall auf den Nachttisch. Lesen Sie es, wenn es Ihnen einmal dreckig geht!" Eine andere Mitarbeiterin wusste zu berichten: „Einem Lehramtsstudenten empfahl er das Buch „*Schilten*" von Hermann Burger, einem offensichtlich gestressten Bankangestellten „*Der Pfau*" von Isabell Bogdan. Einmal wurde der Leseberater beobachtet, wie er sich mit einer Kundin in die Leseecke zurückzog und die beiden sich das Buch gegenseitig abschnittsweise vorlasen. Selbstverständlich mit Korrekturhinweisen: „Noch einmal!

Und jetzt lassen wir die Sprachkunst auf uns wirken!"

Die Filialleiterin hatte sogar mit der Firmenzentrale Rücksprache gehalten und nachgefragt, wie sie
mit dem Leseberater umgehen sollte. Man hatte
ihr gesagt, solange der Mann die Umsatzzahlen
nicht negativ beeinflusse und die Kunden sich
nicht beschwerten, sei nichts gegen ihn einzuwen-
den. Die Kunden und beschweren? Im Gegenteil:
So mancher Leser war zur Kasse gekommen, hatte
mit einem Lächeln seinen Einkauf auf den Tresen
gelegt und gesagt: „Da haben Sie ja einen kompe-
tenten Berater im Geschäft! So gut wurde ich noch
nie in Sachen Buch informiert!"

In diesem Moment kam eine Dame mittleren Al-
ters an die Kasse, legte ein Buch auf den Tresen
und sagte: „Bitte seien Sie so freundlich und legen
dieses Buch für mich zurück! Ihr netter Berater
hat es mir empfohlen und mich auf den Inhalt
neugierig gemacht. Aber kaufen soll ich mir es
noch nicht."

„Aber warum denn   das?", fragte die Angestellte.

„Er hat mir geraten, das Buch erst später zu lesen. Das Buch sei ideal für mich, im Moment sei ich aber noch nicht in der Verfassung, ihm gerecht zu werden."

„Gerne!", sagte die Angestellte und legte das Buch in das Regal hinter ihr. Dann hielt sie Ausschau nach ihrem „besonderen Mitarbeiter".

Zu gerne hätte sie ihn nach den Gründen für diese Beratung gefragt, aber er hatte die Buchhandlung bereits verlassen und seinen ehrenamtlichen Dienst an der Literatur für heute offenbar beendet.

Wohnquartier

An einem sonnigen Herbstmorgen spazierte ein junger Mann in Richtung der Siedlung oberhalb des Städtchens, die als „Fortuna-Höhe" oder gänzlich unspektakulär als „Wohnquartier Nord" bezeichnet wurde. Dem Linienbus war er kurz zuvor an der Bundesstraße entstiegen, der die Haltestelle an der Einmündung der Stichstraße zur Siedlung angefahren hatte. So musste der Mann nunmehr den etwa fünfhundert Meter langen Fußweg zurücklegen, bis er die ersten Häuser an der Ringstraße erreichen würde, die, der Bezeichnung des Stadtteils folgend, „Fortunaring" hieß. Der Name Fortuna wiederum leitet sich ab aus der Zeit, da sich auf diesem Terrain das Betriebsgelände der Grube Fortuna befand. Über viele Jahrzehnte war hier Silbererz gefördert worden, wodurch eine Vielzahl von Seldweiler Bürgern in Arbeit und Brot gekommen waren.

Als dann um die Jahrtausendwende Baugrundstücke gesucht wurden und die Stadtväter sich um die künftige Entwicklung von Seldweiler be-

gannen zu sorgen, entschied man sich, die brach-
liegende Fortunahöhe zu erschließen und Parzellen für die Bebauung mit Einfamilienhäusern an-
zubieten. Die Grundstücke waren in relativ kurzer
Zeit verkauft und es entstanden etwa 60 schmu-
cke Häuschen zu beiden Seiten des Fortunaringes.
Auflagen baurechtlicher Art gab es kaum, man legte seitens der Stadt den Bauherren sogar nahe, die
Fassaden der zur Straße liegenden Eingangsberei-
che individuell zu gestalten. Entstanden ist so
nicht nur ein Mix von Materialien, Formen und
Farben, sondern auch eine Abfolge von zum Teil
monumentalen, teils filigranen künstlerischen
Elementen wie Malereien, Sgraffiti oder eingearbeiteten Skulpturen. Sein Chef hatte ihn am Vortag
mit dem neuen Auftrag konfrontiert, über das
Wohnquartier Nord eine Reportage zu verfassen
mit dem Arbeitstitel „20 Jahre Fortunahöhe –
Wohnen im neuen Stadtviertel". Seit einem Jahr
war er Redakteur bei der Lokalzeitung, dem *Stadtboten*, und sein Chef hatte ihm noch nachgerufen:

„Häng dich rein, das könnte dein Gesellenstück werden!"

Der junge Mann lief die gesamte Ringstraße entlang und ließ bei dem schönen Wetter das Flair dieses Ensembles auf sich wirken. Erst danach hielt er auf ein Gebäude zu, das ein kleines Bistro beherbergte, das den spanisch klingenden Namen *„La Suerte"* trug. Der Mann hatte vorher gegoogelt und herausgefunden, dass *suerte* tatsächlich das spanische Wort für Glück, Schicksal war. Er war dort mit Werner Böhnisch verabredet, mit dem sein Chef den Kontakt hergestellt hatte. Werner Böhnisch war ein Bauherr der ersten Stunde gewesen und wohnte seit fast zwanzig Jahren auf der Fortunahöhe. Er war Prokurist gewesen, langjähriges Mitglied im Stadtrat, ehrenamtlich in diversen Vereinen tätig und entsprechend gut vernetzt. Jeder kannte ihn und es gab in Ort und Umgebung nichts, wozu Werner Böhnisch nicht fundiert hätte Stellung nehmen können. „Wenn dir bei deiner Reportage jemand helfen kann, so ist das Herr Böhnisch", hatte sein Chef gesagt.

Diesen Herrn wollte er nun im „*La Suerte*" treffen, um erste Informationen über die Fortunahöhe zu erhalten. Seinem Chef hatte er noch gesagt, er sei kein Experte für Städtebau und Architektur, ihn interessierten vor allem die Menschen, die diesen neu geschaffenen Stadtteil mit Leben füllten. „Sehe ich auch so. Du hast freie Hand", hatte der Chefredakteur gesagt.

Er näherte sich dem Lokal und grübelte über den Namen „*La Suerte*". Er öffnete die Tür und betrat das Lokal, welchem jedoch die Bezeichnung „Bistro" nach seiner Einschätzung überhaupt nicht gerecht wurde. Im vorderen Teil des Gastraumes waren sechs Tische platziert mit je vier Stühlen. Das Holz war dunkel, genau wie das der Vertäfelung. Der Raum verströmte eine warme, gemütliche Atmosphäre, die Wände waren in einem hellen Crémeton getüncht. Daran hingen Bilder mit Reiselust auslösenden Motiven spanischer Landschaften. An der Stirnseite gelangte man durch einen Mauerbogen zum Barbereich. Vor der Theke standen drei Barhocker, von denen zwei besetzt waren.

Die beiden Männer schienen Handwerker zu sein, die sich einen Pausenkaffee gönnten. An einem der vorderen Tische saß ein Mann im Rentenalter, der sich, als er mich mit meinem umherschweifenden Blick sah, von seinem Stuhl erhob und auf mich zuging. „Werner Böhnisch. Sie müssen Herr Keller sein, nicht wahr?"

„Thomas Keller, ja", erwiderte der zuletzt Gekommene.

„Es freut mich, Sie kennenzulernen, Herr Böhnisch."

„Bitte, nehmen Sie doch Platz!"

Der Journalist setzte sich und sah, dass sich der Besitzer des spanischen Bistros sofort auf den Weg zu dem Tisch der beiden machte. Er fragte nach dem Wunsch des neuen Gastes und Herr Böhnisch sagte: „Das ist Joaquin, die gute Seele hier auf der Fortunahöhe." Thomas Keller begrüßte ihn und stellte sich vor.

„Das „La Suerte" ist der Treffpunkt für alle hier oben. Hier werden Neuigkeiten ausgetauscht und man kann hier auch mal Dampf ablassen."

„Und hier werden manche Probleme gelöst bei einem Bier oder einem Glas Wein", ergänzte Joaquin.

„Dann erzählen Sie mal, was Sie vorhaben!", sagte Böhnisch. „Ihr Chef hat sich am Telefon nur vage geäußert. Und seitens der Stadt wusste man auch nichts Näheres."

„Ich möchte ein paar Stimmen einfangen und die Stimmung unter den Bewohnern dieses Stadtteils erkunden. Besonders, was die Beweggründe angeht, hierher zu ziehen und die Erfahrungen nach mehreren Jahren auf der Fortunahöhe", antwortete ich.

Die Redaktionsleitung und die Stadtverwaltung hatten alle Bewohner angeschrieben und eine Reportage angekündigt und um Mithilfe gebeten. Der Bürgermeister hatte betont, wie wichtig es für ihn sei, die Stimmung im Stadtteil zu ermitteln, um noch näher am Bürger zu sein und künftige Entscheidungen besser einschätzen zu können. Persönlich hatte er Werner Böhnisch gebeten, dem

„jungen Mann von der Zeitung" zur Hand zu gehen und helfen, Kontakte herzustellen.

„Wenn es Ihnen recht ist, Herr Keller, hätte ich hier ein paar Personen, die Sie aufsuchen und interviewen könnten. Sie haben ihre Bereitschaft bekundet, stehen der Sache aufgeschlossen gegenüber und so hätten Sie zumindest einen Anfang. Danach können Sie immer noch entscheiden, ob und wie Sie weitermachen."

„Vielen Dank für Ihre Unterstützung. Das hilft mir sehr."

Kurz bevor Joaquin den Kaffee brachte, holte Thomas sein grünes Moleskine-Notizbuch heraus und signalisierte Böhnisch damit, dass er bereit war, die Namen der ausgewählten Bewohner zu notieren.

„Ich werde mit Ihnen die Häuser abgehen. Anschließend suchen Sie die Leute auf und ich ziehe mich zurück. Ich bin ja nur Vermittler."

„Natürlich. Die Interviews führe ich besser allein."

„Ich bin gespannt auf Ihre Eindrücke. Manche Leute sind, sagen wir mal, ein bisschen speziell. Aber schließlich haben wir ja alle unsere Macken."

„Wie war das eigentlich damals, als die Fortunahöhe geplant wurde?"

„Wir mussten etwas mit dem ehemaligen Grubengelände tun, es war optisch ein Schandfleck. Darüber hinaus wollten wir Bauplätze erschließen, um unsere Stadt vor allem für junge Familien attraktiv zu machen. Im Zentrum war das nicht mehr möglich. Also schauten wir, was sich aus der Fortunahöhe machen ließe. Und siehe da: Die Grundstücke waren in kurzer Zeit verkauft, in der Mehrzahl an Bürger des Städtchens."

„Und was hat Sie selbst bewogen, hier zu bauen?"

„Nun ja, als meine Pensionierung näher rückte, musste ich mich entscheiden, wo ich meinen Ruhestand verbringen wollte. Und ein Häuschen im Grünen war durchaus eine Überlegung wert. Außerdem interessierte mich die Frage, ob sich in einem neuen Stadtteil, der nicht gewachsen, sondern quasi auf dem Reißbrett entstanden ist, all die Individualitäten zu einer neuen Gemeinschaft zusammenfinden könnten."

„Und? Zu welchem Ergebnis sind Sie gekommen?"

„Vielleicht wird es Sie überraschen: Nicht anders als in einem alten, gewachsenen Stadtviertel gibt es eine Mischung aus Community und Individualität. Wer kein aktiver Teil der Gemeinschaft sein möchte, bleibt Einzelkämpfer. Ich finde, das ist aber auch in Ordnung. Zusammenleben kann man nicht anordnen."

Seine Bemerkungen machten mich gespannt auf meine bevorstehenden Begegnungen. Wir zahlten, verabschiedeten uns bei Joaquin und verließen das „La Suerte". Die Sonne schien, wobei Thomas feststellen musste, dass deren Strahlen jetzt im Oktober bereits in schrägem Winkel auf die Landschaft einfielen. Offenbar hatte Böhnisch den gleichen Gedanken, denn er stellte fest: „Der Lichteinfall im Herbst wirft ein zauberhaftes Licht auf die Fassaden der Häuser und hebt deren Konturen eindrucksvoll hervor."

Jetzt hatte Thomas Keller Gelegenheit, die Häuser des Fortunarings näher zu betrachten. Als erstes fiel ihm auf, dass die nahezu gleichgroßen Parzellen einheitlich durch Buchsbaumhecken eingefasst waren. Dieser Eindruck von Gleichheit wurde deutlich unterbrochen durch die sehr individuelle Gestaltung der Fassaden in Bezug auf Farbe und Form. Warme, pastellfarbene Anstriche verursachten zwar eine wilde Palette, versöhnten jedoch den Betrachter jeweils durch die ein stimmiges Gesamtbild ergebenden Details. Es begann schon am Bistro, wo der Besitzer zu beiden Seiten der Eingangstür zwei Säulen angebracht hatte, die dem Gebäude etwas Würdevolles verliehen und Thomas an das Portal eines alten Gerichtsgebäudes denken ließ.

Das Nachbarhaus hatte eine Verzierung in Form eines in den Putz eingearbeiteten Sgraffitos, das einen Vogel, offenkundig eine Taube symbolisierte. Eine Friedenstaube? Thomas kam ins Grübeln. Vor einem der nächsten Häuser stand ein Messingschild, welches auf einem ebensolchen Stab befestigt war. Die Inschrift wies den Besitzer als "Roland Holberg, Finanzdienstleistungen" aus. Die Vorderseite des Hauses trug einen hellblauen Putz; das Sgraffito zeigte die braunen Umrisse zweier Tiere, die Keller unschwer als Bulle und Bär identifizierte, die Sinnbilder des börslichen Finanzmarktes. Eines der nächsten Gebäude besaß an der Front ein Edelstahlschild, in das stilisierte Palmeninseln und Meereswellen eingraviert waren. Fernweh? Klimawandel? Umweltschutz? Nachhaltigkeit? Manche Hausfassaden gaben Spekulationen Raum. Keller fand, man sollte über den Eingängen zusätzlich Schilder mit dem Hausmotto anbringen, um Eindeutigkeit zu erzielen. Wie in der Novelle damals in der Schule, als die Hauptfigur durch die Gassen des Städtchens Goldach wandert und die beziehungsreichen Hausnamen auf sich wirken lässt. Gerne nutzte er Besuche in Städten zu Gängen durch alte Viertel. Thomas liebte gepflegte Altstadtquartiere, die dichte Bebauung und die kleinen Einheiten hatten für ihn etwas von Modellbaulandschaft. Die einzelnen Gebäude vermittelten den Eindruck, sie würden durch die enge Bebauung einander und der Stadt Halt geben. Mitunter fühlte er sich wie der arme Schneidergeselle, der durch Goldach spaziert und feststellt, dass die Bewohner ihren Häusern jeweils einen bedeutungsvollen Namen verliehen und als Schild an der Fassade angebracht haben. Fast immer suchte er solche Namen vergebens, aber gerade diese Tatsache beflügelte ihn, sich im Sinne der Novelle welche auszudenken und in Gedanken den Gebäuden anzuheften. Mit einem Lächeln dachte er an die in der Novelle erwähnten moralischen Begriffe und hatte letztens einem kleinen Haus den Namen „Zur Bescheidenheit" verpasst, einem weiteren „Zur Offenheit" und zuletzt auch „Zur Toleranz". Auch „Zum Respekt", „Zur Achtsamkeit" fand er schon einmal passend und zeitgemäß. Er steigerte sich während seiner Gänge immer mehr in diese Art Traum und fand Gefallen an der Idee. Vor allem: Welche Begriffe sind zeitlos relevant, grundlegend für Stadt und Gesellschaft, für deren Zusammenhalt und kulturelle Identität?

Was hat auf alle Zeiten Bestand? Kühn überlegt er, ob er die Passage in der Novelle neu schreiben und Verwaltung und Städteplanung empfehlend zur Verfügung stellen sollte. Dann ginge es vielleicht den Besuchern der Stadt ähnlich wie dem Schneidergesellen in Goldach, der, man könnte es heute naiv nennen, glaubte, dass es hinter jeder Haustüre wirklich so zuging, wie es die „Hausüberschrift" verhieß. Auch unter diesem Aspekt wollte Thomas auch die Fortunahöhe in Augenschein nehmen. Vielleicht ließe sich ja der Gedanke ja auch auf dieses Wohngebiet übertragen.

Die beiden Herren schlenderten weiter und Werner Böhnisch gab kurze Erklärungen, wenn er es für hilfreich hielt oder Thomas nachfragte. Auch flocht er von Zeit zu Zeit Informationen zu der jeweiligen Person oder deren Familie ein, obwohl er sich in dieser Hinsicht Zurückhaltung auferlegt hatte: „Ich möchte nicht tratschen." Thomas Keller hatte jedoch den Eindruck, dass er gerne mehr aus dem Nähkästchen geplaudert hätte.

Als sie auf das nächste Haus zuhielten, deutete Böhnisch auf das übergroße Namensschild neben der wuchtigen Eingangstür. Dort stand in einer edel anmutenden Schmuckschrift: „Herbert und Constanza Di Fabio". „Dort können Sie gleich mit Ihren Interviews beginnen." Böhnisch begleitete Thomas noch auf dem restlichen Teil der Ringstraße und zeigte ihm die ausgewählten Häuser. Dann verabschiedete er sich und sagte: „Viel Glück! Wir sehen uns Ende der Woche im *La Suerte*. Rufen Sie mich an!"

Thomas ließ sich erst einmal auf einer Bank nieder, die auf einer hübschen, gärtnerisch gestalteten Fläche mit bunten Stauden am Rande des Fortunaringes platziert worden war, um aus dieser Position das Ensemble der Einfamilienhäuser noch intensiver auf sich einwirken zu lassen. Auf dem Gehsteig gegenüber eilten einem bestimmten Dresscode folgende Geschäftsmenschen, vermutlich zur bewegungsfördernden Mittagspause oder bereits wieder zurück zum Arbeitsplatz. Zwei junge Leute, die sich mit Kopfhörern von dieser Welt abschotten wollten, liefen wohl in Richtung Bushaltestelle. Das Fahrzeug eines Handwerksbetriebes mit der Aufschrift „Fassadentechnik" schlich durch den Fortunaring. Thomas erkannte die beiden Handwerker wieder, die vorhin im *La Suerte* ihren mittäglichen Durst gestillt hatten.

Thomas hielt auf das Haus der Di Fabios zu, ging an dem stattlichen dunkelgrauen SUV vorbei, der auf dem Kiesstreifen der Einfahrt geparkt war, und drückte auf die große Messingklingel. Eine Männerstimme meldete sich an der Gegensprechanlage: „Ja bitte?"

„Guten Tag, ich bin Thomas Keller. Ich arbeite für den *Stadtboten*. Dürfte ich Sie einen Moment sprechen?"

„Einen Augenblick bitte!"

Nach kurzer Zeit kam ein Mann auf die Glastüre zu und öffnete.

Die beiden begrüßten einander. „Herr Böhnisch hat Sie bereits angekündigt. Bitte kommen Sie herein!"

Durch einen Flur, an dessen Wänden einige Bilder hingen, gelangte Thomas in ein geräumiges Wohnzimmer. Eine riesige Sitzgarnitur im Chesterfield-Stil dominierte den Raum, wobei die Hingucker für Thomas eher die kleineren exquisiten Möbelstücke waren wie eine hübsche Anrichte im Empire-Stil, eine ebensolche grünbezogene Sitzbank sowie einen Beistelltisch aus Mahagoni. Ein edler französischer Bibliotheksschrank enthielt eine Vielzahl von Büchern. Insgesamt wirkte das Interieur hochwertig und zeugte nach Thomas' Ansicht von einem durchaus erlesenen Geschmack der Besitzer.

„Ich finde es gut, dass sich mal wieder jemand für unsere Fortunahöhe interessiert. In den Anfangsjahren berichtete die Presse in erster Linie über Baumängel und die Frage, ob die Stadtverwaltung hinsichtlich Infrastruktur alles planerisch bedacht hatte. Über das hinaus interessierte sich wohl keiner für uns Bewohner, die wir ja in gewisser Weise beim Aufbau des neuen Stadtviertels auch Pionierarbeit zu leisten hatten."

„Darf ich Sie fragen, was Sie hauptsächlich bewogen hat, hierher zu ziehen?"

„Dürfen Sie. Mir wurde es in der Kleinstadt zu eng. Es ist zwar ein Städtchen, aber irgendwie fühlte ich mich wie auf einem Dorf: Jeder interessierte sich dafür, was der Nachbar machte. Ich fühlte mich unter Dauerbeobachtung. Gerüchte und Tratsch gediehen prächtig. Irgendwann wurde es mir zu eng in der Altstadt. Als ich, sagen wir, geschäftlich ein wenig in Schieflage geriet, war endgültig Schluss. Ein Neuanfang musste her. Dafür bot sich die Fortunahöhe an. Dachte ich zumindest."

„Das klingt nicht gerade begeistert."

Herr Di Fabio zeigte den Anflug eines Lächelns.

„Na ja, so einfach ist das nicht mit dem Neuanfang."

„Wie meinen Sie das?"

„Schauen Sie, wir sind doch alle irgendwie, nennen wir es einsortiert. Wir haben ein Image, die Mitwelt hat uns eine Rolle zugeteilt oder in eine bestimmte Schublade abgelegt. Aus all dem kommt man nicht mehr heraus."

„Darf ich fragen, was Sie beruflich machen?"

„Sie dürfen alles fragen. Ich bin Kunst- und Antiquitätenhändler."

In diesem Augenblick betrat eine dunkelhaarige Frau mit federndem Schritt das Wohnzimmer.

„Darf ich Ihnen meine Frau vorstellen?"

„Constanza Di Fabio", begrüßte die Frau Thomas, der sich von seinem Sessel erhob.

„Angenehm, Thomas Keller." Ihm fiel auf, dass Frau di Fabio ihn mit einem ernsten Gesichtsausdruck und einem Lächeln ansah, das man gequält nennen konnte. Sie setzte sich auf die Couch neben ihren Mann. Thomas fand, dass sie recht attraktiv aussah, jedoch auffallende Tränensäcke hatte und insgesamt müde wirkte.

„Nachdem ich auf die Fortunahöhe gezogen war, hatte ich sechs Richtige im Lotto: Ich habe Constanza kennengelernt." Herr Di Fabio verkündete, nein zelebrierte diesen Satz nahezu und legte seine Hand auf die seiner Frau. Thomas gewann den Eindruck, dass ihr dies und die gesamte Situation eher peinlich waren. Hatte sie ihre Hand in diesem Moment sogar ein Stück weggezogen?

„Wir heirateten und so begann der wirkliche Neuanfang für mich. Ich nahm ihren Familiennamen an, denn ein klangvoller Name ist absolut nutzbringend und gut fürs Geschäft. Di Fabio klingt nun mal besser als Mayer, oder? Ich lass Ihnen meine Visitenkarte da, falls Sie mal Interesse an Kunst oder Antiquitäten haben."

Was sagte dieser Typ da? Ein Neuanfang für *ihn* und die Namensänderung sei *nutzbringend* gewesen? Thomas hatte das Gefühl, dass die Stimmung im Raum immer eisiger wurde. Fast begann er für diese Frau Mitleid zu empfinden. „Dann war der Umzug auf die Fortunahöhe aus Ihrer Sicht ein Erfolg und Ihre Wünsche gingen in Erfüllung?"

„Das kann man so ausdrücken. Jedenfalls hat man hier seine Freiheiten und steht nicht unter Beobachtung."

„Was würden Sie sich in Bezug auf dieses Wohnquartier für die Zukunft wünschen?", fragte

Thomas, der sich momentan nichts sehnlicher wünschte, als dieses Haus wieder zu verlassen.

„Wünsche?", so Di Fabio, „Also, was fehlt, sind Einkaufsmöglichkeiten für meine Frau. Und ich hätte gerne ein Lokal mit gehobener Gastronomie, damit ich meine Geschäftsfreunde mal ausführen kann."

Jetzt wurde es Thomas langsam unerträglich, sodass er sich erhob und das Signal gab, um sich zu verabschieden.

„Ich danke Ihnen, dass Sie für mich Zeit genommen haben: Sie haben mir weitergeholfen." Thomas musste einen Moment darüber nachdenken, was er da für eine Floskel von sich gegeben hatte.

„Gern geschehen", erwiderte Herr Di Fabio. „Ich hoffe, Sie finden Anregungen für Ihren Artikel. Wir sind gespannt."

Jetzt sprach Di Fabio in der Wir-Form, vorhin hatte er nur in der Ich-Form gesprochen. Thomas verabschiedete sich von Frau Di Fabio. Diese drückte fest seine Hand und er fand, dass der

Blick, den sie ihm zuwarf, ein sehr trauriger war. Irgendwie wurde er das Gefühl nicht los, dass sie ihm noch etwas mitteilen wollte. Kurz darauf verließ er das Haus der beiden.

Er schaute auf seinen Zettel, stellte fest, dass er noch etwa vier Häuser weiter zu gehen hatte, und registrierte die Ruhe des frühen Nachmittags auf dem Fortunaring. Der Wind verursachte ein leises Rauschen in den Bäumen, das Vogelgezwitscher untermalte die friedliche Szenerie.

Thomas Keller schritt gemächlich an den Häuserfronten und Vorgärten entlang, empfand die zurückhaltenden Anpflanzungen als wohltuend. Ein Anwohner war dabei, seinen fahrbaren Rasenmäher zu säubern und einsatzbereit zu machen. Der drei Zentimeter kurze Rasenflor zeugte von einer pflegerischen Akkuratesse. Hier gab es bestimmt eine Art Wettbewerb um den schönsten Vorgarten oder die gelungenste Hausfassade. Thomas beschloss, das zu recherchieren.

Thomas hielt auf das Haus zu, das eine auf den Putz aufgemalte Riesenfeder enthielt. Das keramische Schild neben der Eingangstür zeigte den Namen „Bernd Heidegger Schreibbüro". Thomas klingelte. Ein bärtiger Mann von höchstens vierzig Jahren öffnete und schaute ihn fragend an. Guten Tag, Herr Heidegger, mein Name ist Thomas Keller. Herr Böhnisch hat sicher meinen Besuch angekündigt. Ich bin Mitarbeiter des Stadtboten."

„Aber ja, kommen Sie herein!"

„Ich interessiere mich für den Stadtteil hier und dessen Bewohner. Hätten sie einen Moment Zeit?"

„Klar. Was kann denn gerade ich für Sie tun?"

„Was hat Sie dazu bewogen, auf die Fortunahöhe zu ziehen?"

„Eigentlich das Konzept: neue Wohnbebauung auf der grünen Wiese. Ich wollte im Grunde ein kleines Stück Idylle für mich und meine Frau."

„Und wie fällt Ihre Bilanz nach ein paar Jahren Fortunahöhe aus, Herr Heidegger?"

„Katastrophe."

„Wie bitte?"

„Alles ist so ziemlich danebengegangen."

„Was meinen Sie?"

Bernd Heidegger wand sich. Er tat sich schwer, darüber zu reden.

„Ich habe wohl Pech gehabt. Ich sag's mal, wie es ist: Finanziell bin ich gewaltig in die Bredouille geraten. Dieser Finanzheini da drüben hat mich falsch beraten." Thomas erinnerte sich an das Haus mit den „Finanzdienstleistungen".

„Sie betreiben ein Schreibbüro? Was macht man da so, wenn ich fragen darf?"

„Neben den spröden Sachen wie Geschäftskorrespondenz und Übersetzungen habe ich mich spezialisiert auf persönliche Schreibtätigkeiten. Ich möchte der verlorengegangenen Emotionalität in Folge von SMS, Twitter und Co. ein Stück entgegenwirken. Ich biete in meinem Haus auch Kurse zum kreativen Schreiben an. Außerdem betreue ich angehende Autoren. Talente fördern, aber schlechte Literatur mangels Talents unbedingt verhindern. Das ist mein Credo."

„Das finde ich überzeugend. Da haben Sie aber einen interessanten Beruf! Sie leben hier zusammen mit Ihrer Frau?"

Abermals verfinsterte sich der Blick von Bernd Heidegger.

„Lebte. Meine Frau ist ausgezogen."

Thomas dachte wieder an Frau Di Fabio. Ihm kam die Idee, jemand müsste einmal die Trennungsrate in Neubaugebieten ermitteln.

„Oh, das tut mir leid", sagte Thomas.

„Was das Schlimmste ist: Sie ist zu dem Finanzfuzzi gezogen. Krass, nicht wahr?"

Thomas bedauerte Bernd Heidegger.

„Wodurch ist denn Ihr finanzielles Problem entstanden?"

„Durch sogenannte ‚todsichere Tipps' von dem Typen. Sie müssen wissen, dass hier oben auf der Fortunahöhe ganz schön gezockt wird, nahezu von jedem. Und ich habe halt voll in die Scheiße gegriffen." Als er das sagte, bebten seine Lippen.

„Was würden Sie sich wünschen?"

„Was wohl? Dass meine Frau zur Vernunft kommt und ich auf absehbare Zeit die Chance erhalte, finanziell wieder Land zu sehen." Herr Heidegger vergrub sein Gesicht in seinen Händen und

Thomas hatte das Gefühl, dass er diesen Mann besser alleinlassen sollte.

„Ich danke Ihnen für Ihre Offenheit und wünsche Ihnen alles Gute", sagte Thomas als er zur Tür ging. Als er das Grundstück verließ, fuhr wieder das Fassadentechnik-Fahrzeug an ihm vorbei.

Er machte sich auf zum nächsten Haus auf seiner Liste. Walter Gebhard hatte er notiert. Er fand das Haus schnell, es trug ein Sgraffito, welches das Räderwerk einer Uhr darstellte. Er drückte auf die Klingel und Herr Gebhard kam umgehend zur Tür.

„Guten Tach", sagte er forsch. „Sie sind der Zeitungsmensch, der wissen möchte, was das für eine Spezies von Leuten ist, die hier auf der Fortunahöhe lebt. Kommen Sie rein!"

Jetzt wurde Thomas klar, was Werner Böhnisch gemeint hatte, als er von Walter Gebhard als einem pensionierten Oberst sprach. Drahtig, zackig, klare Ansprache. Gebhard schätzte er auf Mitte siebzig, sein schmuckes Haus bewohnte er allem Anschein nach allein.

Beide gingen ins Wohnzimmer, dessen Schrank-
wände ein umfangreiches Sammelsurium aufwie-
sen an Fotos, Erinnerungsstücken wie Abzeichen,
Reservistenkrügen und Flugzeugmodellen, die der
pensionierte Oberst anscheinend leidenschaftlich
sammelte.

„Nehmen Sie Platz, junger Mann!", befahl der
Oberst. „Wie kann ich helfen?"

Thomas war erleichtert, dass Gebhard sofort zur
Sache kam. So ersparte er sich umständlichen
Smalltalk.

„Mich interessiert als erstes, was Sie auf die Fortunahöhe verschlagen hat, Herr Gebhard." „Ich
wollte mir nach meiner Pensionierung ein neues
Häuschen in einer netten Umgebung gönnen. Als
dann die Grundstücke vergeben wurden, habe ich
sofort zugeschlagen."

„Sie waren Offizier bei der Luftwaffe. Erzählen Sie
mir bitte etwas zu Ihrer Vita? Wollten Sie schon
immer Soldat werden?"

„Keine Ahnung, nicht unbedingt. Auf jeden Fall
wollte ich mit klaren Abläufen und Strukturen zu

tun haben. Alles Ungefähre stört mich. Zum Beispiel macht mich Unpünktlichkeit wütend."

„Sind Ihre Erwartungen an dieses neue Wohngebiet erfüllt worden, Herr Gebhard?"

Der Oberst musste offenbar einen Moment nachdenken.

„Zum Teil. Ich fühle mich hier wohl, obwohl es hier immer noch viel Disziplinlosigkeit gibt."

„Wie meinen Sie das?"

„Na ja, vieles verläuft eher planlos, das fängt schon mit dem Aufstehen an. Zu meiner Zeit stand man früh auf, ging zur Arbeit oder begann mit seinen Pflichten rund um Haus und Garten. Hier scheinen zu viele Leute zu viel Zeit zu haben, vor allem die Frauen. Gut ist das nicht."

„Und wie gestalten Sie ihre Freizeit auf der Fortunahöhe?"

„Kommen Sie mit!", befahl der Oberst.

Sie gingen in eine Art Arbeitszimmer, welches zur Straße gelegen war. Auf einem Schreibtisch lag ein Buch, das Thomas an eines der großen Kassenbücher erinnerte, in dem sein Vater immer die ein-

und ausgegangenen Beträge verzeichnet hatte, die in seinem kleinen Schreibwarengeschäft angefallen waren. Herr Gebhard schlug das Buch auf und zeigte Thomas seine Eintragungen. Aufsteh- und Zubettgehzeiten seiner Nachbarn, soweit sie zu ermitteln waren, Zeiten von Servicekräften wie Handwerkern, Postboten, Wäschereien, Schlüsseldiensten, Gartenarbeitern, Hausmeisterservice, fahrenden Lebensmittelhändlern und vieles mehr. Sogar die Abfahrtszeiten der Busse, deren Haltestelle Herr Gebhard einsehen konnte, glich er mit den Sollzeiten der gedruckten Fahrpläne ab. Ein gigantisches statistisches Unterfangen.

Nachdem Thomas' Verwunderung, oder war es bereits so etwas wie Bewunderung, sich gelegt hatte, wollte er sich langsam verabschieden.

„Es war mir eine Freude, Sie kennenlernen zu dürfen, Herr Gebhard. Ich danke Ihnen für Ihre Unterstützung."

Sie gaben sich die Hand und gingen zur Tür.

„Ich bin gespannt auf Ihre Reportage, machen Sie's gut, junger Mann!"

Als Thomas weiter über die Ringstraße ging, traf er Werner Böhnisch.

„Wie läuft's an, Herr Keller? Schon Erkenntnisse gewonnen?"

„Könnte man sagen! Interessante Begegnungen hier auf der Fortunahöhe! Alles Individualisten, wie ich finde."

„Und wie geht es jetzt weiter?", wollte Werner Böhnisch wissen.

„Morgen werde ich die restlichen Anwohner aufsuchen. Dann muss ich noch am Titel der Reportage feilen."

Er grübelte und schwankte noch zwischen

„Feine Fassaden – Menschen auf der Fortunahöhe", „Glücksritter auf der Fortunahöhe" oder lapidar, inspiriert von dem Handwerkerauto, *„Fassadentechnik".*

Letzte Fahrt

Das Ufer mit der Auffahrt rückte näher. Vorne stand Tim und hatte die stählerne Rampe im Blick, die sich gleich leicht senken und auf dem Asphalt aufsetzen würde. Die rotweißen Halbschranken würden sich öffnen und den Passagieren das Signal und gleichzeitig die Erlaubnis geben, die Doppelendfähre zu verlassen. Auf der Wartespur oben am Ufer hatten sich bereits mehrere PKW aufgereiht, um die nächste Überfahrt in Anspruch zu nehmen. Dann würde Tim den Autofahrern durch Handzeichen ihre jeweiligen Parkpositionen auf dem kleinen Deck der Fähre zuweisen. Auch der Verkauf der Tickets gehörte zu seinem Aufgabenbereich. Für ein gutes halbes Dutzend PKW, je nach Größe, hatte die *„Elbestolz"* Platz. Gleich einem langsam eingestellten Metronom vollzog sich der Pendeldienst in der stets gleichen Taktung, wobei die reine Fährfahrt etwa drei Minuten in Anspruch nahm. Tim hatte diesen Rhythmus verinnerlicht, er bestimmte seit nunmehr dreizehn Jahren seinen Arbeitstag. Früher einmal war Wernebeck ein relevanter Zielpunkt für Autofahrer, die in Richtung Norden schnell auf die andere Elbseite gelangen wollten. Durch den Ausbau der Fernstraßen nach der Wende war die Bedeutung der Fährverbindung zurückgegangen. Touristen wählten diese hauptsächlich in den Sommermonaten, um per Fahrrad die Route auf der Nordseite des Flusses zu nutzen. Einige wenige Berufspendler waren der *„Elbestolz"* treu geblieben. Früher war das Geräusch der ablegenden Fähre im gesamten Dorf zu hören gewesen. Die Leute sagten: „Wir brauchen keine Uhren, wir haben ja die Fähre." Der Fahrplan und die Gewissenhaftigkeit von Heinrich Holtmann und seinem Sohn waren der Takt für die Menschen in Wernebeck.

An dem kleinen Fährhäuschen am Anleger nagte bereits der Zahn der Zeit. „Unsere Firmenzentrale" hatten Heinrich und Tim Holtmann das Gebäude genannt, in dem nur noch einige Ersatzteile und Werkzeuge für die *„Elbestolz"* untergebracht waren. Heinrich mochte gar nicht mehr hinsehen, wenn er an dem Häuschen vorbeiging. Der sich andeutende Verfall stimmte ihn traurig.

Tim war vor zwanzig Jahren in den väterlichen Betrieb eingetreten, nachdem er auf einer Hamburger Werft seine Ausbildung zum Konstruktionsmechaniker abgeschlossen hatte. Seine Eltern hatte ihn zwar nicht zu diesem Schritt genötigt, wenn auch durch Sätze wie „Einer muss ja die Familientradition fortsetzen" oder „Wenn du den väterlichen Betrieb übernimmst, bist du Unternehmer und dein eigener Herr" ihm immer in den Ohren gelegen. Irgendwann hatte er dem Wunsch nachgegeben und wurde Juniorchef bei „*Heinrich Holtmann Fährbetrieb*".

Vom Ruderhaus oberhalb des Decks beobachtete Heinrich, wie Tim die Zufahrt der Autos dirigierte. Alles lief professionell nach festem Ritual ab. Beide erledigten die notwendigen Arbeiten ohne viele Worte, jedoch mit klaren Gesten und knappe Zurufe stellten eine effiziente Kommunikation her. Dass die Arbeit auf einer Flussfähre eine überschaubare Abfolge von Handgriffen und somit eine gewisse Eintönigkeit mit sich brachte, hatte Tim nie gestört. „Rituale erzeugen Professionalität und geben dem Ganzen Halt", pflegte er zu sagen.

Wer die beiden kannte, hätte heute bei genauerem Hinsehen eine ernste, wenn nicht gar sorgenvolle Mimik in beiden Gesichtern festgestellt. Begleitend hätte man auch in Tims Handbewegungen so etwas wie Verdruss, ja Wut hineininterpretieren können. Die Leichtigkeit des antrainierten Rituals war verschwunden. Das ernste Gesicht von Heinrich Holtmann lugte aus dem Ruderhaus. Plötzlich bemerkte er etwas, was die ablaufenden Routinen seines Sohnes gänzlich unterbrachen: Tim hatte seinen üblichen Platz am Bug der Fähre verlassen, von dem aus er immer den Querverkehr auf dem Fluss im Blick hatte und wo er sich, das angesteuerte Ufer inspizierend, auf den nächsten ritualisierten Anlegeprozess vorbereitete. Was machte Tim da? Heinrich sah, wie sein Sohn jetzt am Heck stand und gedankenverloren auf das allmählich verschwindende Ufer schaute. Diese willkürlich gewechselte Position ließ in Heinrich die Befürchtung aufkommen, in diesem Moment könnte etwas aus dem Ruder gelaufen sein, als hätten die Rituale ihre Bedeutung eingebüßt. Ob diese Situation dem Gespräch der beiden gestern nach Feierabend geschuldet war, in dem sie über die Pläne des Landkreises gesprochen hatten, hier in der Nähe eine neue Brücke über den Strom zu errichten. Sogar von einer möglichen Tunnellösung sei die Rede, wie man in der Lokalpresse lesen konnte. Was das für ihren Fährbetrieb bedeuten würde, war beiden sofort klar. Ziel war, den Autoverkehr aus den umliegenden Dörfern am Strom fernzuhalten.

„Ob das wirklich so kommt?", hatte Heinrich gesagt. „Sind ja alles erst Pläne!" Der Sohn hatte gar nichts gesagt. Stumm waren sie auseinandergegangen.

Jetzt saß Heinrich im Ruderhaus und blickte sorgenvoll auf das Deck. Sein Sohn stand regungslos am Heck. Beim Anlegen am anderen Ufer pfiff Heinrich und winkte seinem Sohn zu. Dieser stieg die Leiter zum Ruderhaus hinauf.

„Was gibt's?"

„Wassen los mit dir, min Jung?", fragte Heinrich.

„Macht keinen Spaß mehr."

„Was denn?"

„Alles."

„Wir alle haben mal einen schlechten Tag!"

„Das sagst du öfter. Hat das Ganze eigentlich noch Sinn, was wir hier machen?"

„Aber Junge, so schnell passiert hier nichts. Solch ein Bauwerk muss erst einmal genehmigt werden. Und dann ist es noch lang nicht fertig."

„Aber die können uns doch nicht unsere Lebensgrundlage wegnehmen!"

Heinrich wusste, dass man jetzt Tim mit Argumenten nicht mehr beikommen würde.

„Nu lass uns unsere Arbeit machen. Wir sind doch ein Team."

Tim ging zur Rampe, denn die ersten Autos warteten. Professionell wie immer dirigierte er Fahrzeuge und Passagiere. Beobachter wären wahrscheinlich von den ritualisierten Abläufen auf der Fähre beeindruckt gewesen. Tim jedoch suchte sich einen Platz neben dem Ruderhaus und dachte an seinen Job bei der Hamburger Werft. Er überlegte, ob er seinen ehemaligen Chef einmal anrufen sollte und schwankte kurz, als die Fähre eine leichte Kurve einschlug. Halt fand er, als er sich an die Leiter anlehnte, die zu seinem Vater hinaufführte. Zwei Meter über ihm nahm dieser wie immer die nötigen Handgriffe vor, um den Fährbetrieb in bewährter Weise sicherzustellen. Das Ufer, von dem sie abgelegt hatten, entschwand.

Zeitfracht Medien GmbH
Ferdinand-Jühlke-Straße 7
99095 Erfurt, Deutschland
produktsicherheit@kolibri360.de